6·25 한국전쟁에 대한 생생한 증언

꽃잎은 바람에 지지 않는다

6·25 한국전쟁에 대한 생생한 증언

꽃잎은 바람에 지지 않는다

1판 1쇄 인쇄 2017년 2월 15일
1판 1쇄 발행 2017년 2월 20일

지은이 윤용철
발행인 김은정
책임편집 이은미
본문디자인 김경훈
영업마케팅 이종일
펴낸 곳 책우리
주소 경기도 부천시 원미구 중동 898번지 삼성홈타운 501호
전화 02 - 2644 - 8361
팩스 02 - 2644 - 8361

ISBN 978-89-93975-18-5 (03810)

6·25 한국전쟁에
대한 생생한 증언

꽃잎은
바람에
지지 않는다

윤용철 | 지음

책우리

무공훈장수여증

보통상이기장수여증

공비토벌기장가수여증

종군기장가수여증

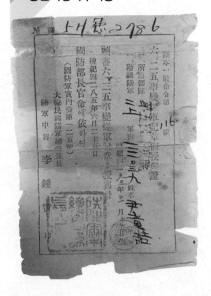

보통상이가기장수여증

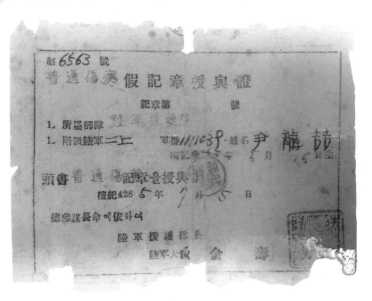

종군기장가수여증

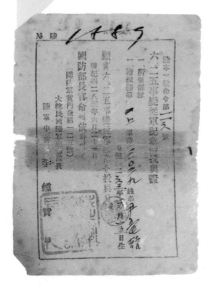

명예제대증서

병적기록부

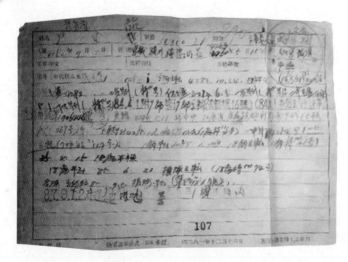

107

역대 대통령 기념품

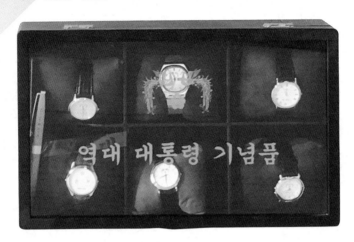

야전사령관, 군단장, 사단장 기념품

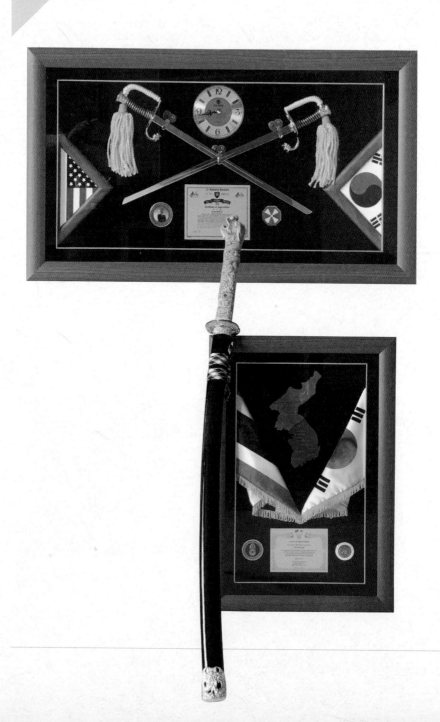

[3대代가 현역생활을 마치다]

필자

아들, 윤호현(1977년 6월, 제32사단 훈련병 시절)

손자, 윤성록(2016년 5월, 공군 화학산포대 시절)

6·25 한국전쟁에
대한 생생한 증언

꽃잎은 바람에 지지 않는다

시작하는 글

내 생일은 12월 25일이다.

올해로 67년째를 맞는다. 그럼 내 나이가 67세(?)일까?

아니다. 내 나이는 올해로 여든하고도 여덟 살. 그러니까 졸수 卒壽, 구순를 코앞에 두고 있다.

나이는 여든 여덟이요, 생일은 67회 째.

앞뒤 문장의 개연성과 맥락들이 맞지 않는다 해도 어쩔 수 없다.

여든 여덟 살인 것도 내가 맞고, 12월 25일의 생일을 67회 째 맞이한 것도 내가 맞으니까.

그렇다면 나는 어째서 실제 나이와 생일 나이가 일치하지 않는 것일까. 그것은 바로 1950년 6월 25일에 발발한, 미증유未曾有의 6·25 한국전쟁 때문이다.

나는 경기도 동두천에서 전선에 투입되었다.

6·25가 발발한 첫날부터 북한군을 마주했고 전장을 향해 달려 나갔다. 앞날은 멀고 아득하기만 했다.

전우들과 수많은 사람들이 죽어 나가는 참담함을 지켜봐야 했으며, 극한 상황에서 적나라하게 드러나는 인간의 본능도 마주했다. 북한군과 중공군에 포위 되어 생사의 갈림길에 섰는가 하면, 중공군에게 잡혀서 한 달간 포로가 되었다가 탈출에 성공하기도 했다.

급기야는 치열한 전투 중에 적의 총탄에 머리를 맞은 뒤 한쪽 눈과 코의 절반을 잃어버리는 중상을 입고 말았다.

1951년 12월 25일, 나는 죽은 목숨이었다.

그러나 나는 강한 의지로 살아났다.

내가 12월 25일을 다시 태어난 날로 정하고 생일로 기념하는 것과 책을 쓰기로 마음먹은 일은 그래서 무관하지 않다. 내가 직접 겪었던 6·25 한국전쟁 '1129일'에 관한 기록을 남기자고 마음을 먹었다.

어느 순간부터인가 동족상잔의 6·25 한국전쟁이 '잊힌 전쟁'
으로 1년에 한 번 기념하는 날이 되어버린 것도 매우 안타까웠다.
누군가 "역사는 짧은 공포물 같다."는 말을 했다.
1950년 6월 25일에 발발한 한국전쟁이 그랬다.
이 땅에서 살아가던 수많은 사람들은 아무런 대책도 없이 우리
근현대사의 공포물, 가장 불행했던 전쟁을 고스란히 몸소 맞닥
뜨려야 했다.
3년여 1129일 동안 치열하고도 슬픈 전쟁은 세상을 질곡으로
몰아넣었던 것이다.
200만 명이 넘는 사람의 목숨을 앗아간 참혹한 전쟁이었다.
짐승의 시간이었다.
인간의 삶이 멈춰버린 시간이었다.

이러한 비극의 역사를 뚜렷하게 기억하지 못하는 국민에게 그
런 비극은 반복될 수밖에 없다고 한다. 역사가였던 토인비의 말
마따나 '역사는 되풀이 된다'는 것을 절감하는 작금의 우리의 현
실이다.
1592년 우리나라는 임진왜란으로 일본에 나라를 송두리째 빼
앗기고 말았다.

1910년에는 또 다시 일본의 침략으로 인해 36년간 주권을 빼앗긴 채 치욕적인 삶을 살았던 것이다.

그것을 벗어난 지 얼마 지나지 않아 38선을 경계로 남북의 분단과 함께 참담하기 이를 데 없는 6·25 한국전쟁을 치러내야만 했다.

그렇다면 2017년의 한반도는 어떠한가.

들여다보면 우리의 처지는 예나 지금이나 별반 변한 것이 없다. 오히려 더 열악한 안보 환경에 놓여 있다고 보는 게 맞다는 생각이다.

핵무기로 무장한 채 위협하고 있는 무법자인 북한과 대치하고 있으면서도 뿌리 깊은 배타주의와 이기주의가 만연해 있는가 하면, 나 몰라라 식의 '안보' 불감증에 빠져 있다.

국가의 안전을 지키는 일이 우리나라의 최우선 과제임을 분명히 알면서도 자신들의 삶과는 무관한 듯 외면하면서 살고 있는 게 우리의 현실이다.

이런 현실 앞에 전쟁을 치른 세대로서 그대로 보고만 있을 순 없었다. 이것이 내가 겪은 전쟁의 역사를 기록으로 남기기로 결심한 이유이다.

내가 무슨 대단한 일을 해서가 아니다.

그냥 내 이야기를 들려주고 싶었다.

가진 것이라곤 눈 씻고 찾으려야 아무것도 없던 나였다.

늘 배는 허기졌고, 허기진 배 만큼이나 배움에 대한 갈증도 차고 넘쳤다.

그런 내가 어린 나이에 군대에 입대하면서 새로운 국면을 맞는다. 배를 채울 수 있었고, 배움에 대한 갈증도 풀어나갔던 것이다. 시쳇말로 '무無'에서 '유有'를 이끌어내는 삶의 토대를 만든 셈이다.

전쟁에 직접 참여하여 겪은 경험으로는 '국가' 없이는 내가 존재할 수 없음을 깨닫고, 전투 중에 중상을 입어 더는 총을 잡을 수 없었음에도 불구하고 나는 다시 전선으로 뛰어들었다.

아무리 가혹하고 잔혹한 시대의 격랑이라 해도 전쟁도 내게서 희망과 꿈을 송두리째 강탈하지는 못했다.

어떤 상황에서도 품은 희망과 꿈은 현재의 고통을 견디고 밀고 나아가게 하는 치료제가 아니었나 싶다.

나에게 있어 그 치료제는 '국가'였던 것이다.

국가가 위기에 처했을 때는 외부의 적보다 내부의 적이 더 무서웠던 역사의 교훈을 되새김질 하며 핵폭탄처럼 위험한 북한의 도발에 맞서 단합된 국민의식을 고취했으면 하는 바람이 간절하다.

　내게 있어 '국가'가 치료제였듯 방황하는 현대인들에게도 '국가'가 강력한 치료제이길 간절히 바라며.

2017년 2월 퇴계원에서

윤용철

차례

밥, 밥, 밥

내 고향 퇴계원

✳

내가 태어난 곳은 경기도 남양주시 서쪽에 위치한 전국에서 가장 면적이 작은 퇴계원면退溪院面이다.

이웃한 진접읍에는 천연기념물 크낙새의 서식지와 수목원으로 유명한 광릉光陵이 있다.

퇴계원이라는 지명은 조선 예종이 부왕의 능광릉을 참배할 때 북부의 구릉지를 제외하고 3면이 하천으로 둘러싸여 이동이 불편하자 하천 바닥을 길로 닦으면서 생겼다고 한다.

말하자면 당시의 하천을 바깥쪽으로 물리쳤다는 뜻에서 '퇴계원'이라는 지명이 생겼다는 것이다.

일설에는 태조 이성계가 환궁하다 마음이 변하여 궁궐을 짓고 살았던 궁궐로서, 태종과 조정 신하들이 조례를 올린 곳이라 하여 퇴계원이라 일컬었다고도 한다.

어쨌든 내가 태어나서 자라고 살아온 곳은 광릉과 옛 대궐 터가 멀지 않은 곳에 있어 그 두 곳을 출입하기 위한 방편으로서 탄생된 지역임에는 틀림없다.

이러한 지형적인 특성에 따라 퇴계원은 서울로 들어가는 길목에 해당하는 곳으로 물산이 풍부한 고장이다.

나는 이처럼 이름 난 퇴계원이 자리를 잡고 있는 경기도 남양주시에서 88년 째 살고 있다.

나를 기억하고 있는 곳.

나를 품은 곳.

나를 성장시킨 곳.

그곳에서 나는 흙과 바람의 자연을 접했고, 사람을 사귀었으며, 눈에 비춰진 세상을 담았던 것이다.

키 작은 소년, 꿈을 품다

나는 일제강점기인 1930년에 빈농의 집안에서 3남 중 차남으로 음력 5월 15일 태어났다.

하루 삼시세끼를 걱정할 만큼 가난했던 집안 형편이었지만, 다른 사람들이야 어떻게 보든 핏줄에 눈이 멀어 죽고 못 사는 어머니의 힘에 의해 유복했던 유년기를 보낼 수 있었다.

가난 때문에 불행을 느끼거나 슬픔에 잠겨 있지는 않았다.

하지만 딱 그때까지였다.

내 나이 열한 살 되던 해, 서른여덟 살의 어머니가 돌아가셨던 것이다.

죽기에는 너무나 서러운 나이였다.

어찌 눈에 넣어도 아프지 않을 어린 자식들을 이 땅에 남겨두고 눈을 감으셨는지.

경제적으로 무능력한 아버지와 철이 없던 3형제를 사막처럼 황량하게 메마르고 넓디 너른 이 세상에 남겨둔 채로.

아버지의 성품은 가족의 생계에 보탬이 되지 못했다.

평범한 농부의 한 사람으로 온후하고 욕심 없는 성품의 소유자였다. 그래서였을까, 아버지는 살림살이에 마음을 두거나 의지가 강했던 분은 아니었다. 언제나 일을 벌여만 놓으셨다.

반면 어머니는 생활력이 강한 분이셨다.

그러니 아버지가 벌여놓은 일의 수습은 언제나 어머니 몫이었다.

그런 어머니가 돌아가시고 난 후 우리 가족의 삶은 어머니가 살아 계셨을 때와 돌아가셨을 때의 삶으로 극명하게 갈리기 시작했다.

밥을 굶는 날이 점점 많아졌다.

그런 날이면 어머니가 못 견디게 보고 싶어졌다.

그 얼굴을, 가슴을, 다정하게 내 목을 어루만져주던 따스한 손길과 밥을 먹는 자식들 얼굴을 물끄러미 바라보며 환하게 웃으시던 모습이 몸서리쳐지도록 그리웠다.

눈물이 났다.

함께 숨 쉬고 웃던 어머니가 그리웠고, 현실적으로 당장 먹을 거리를 걱정해야 하는 내 삶의 서러움에 쏟아내는 눈물이었다.

"용철아, 밥 먹자!"

나는 어머니의 그 말 한마디면 아무리 서럽게 울다가도 이내 눈물을 뚝 그치곤 했었다. 하지만 "밥 먹자!"며 내 눈물을 그치게 할 어머니가 이 세상에 없다는 것을 깨닫는 순간, 언제까지나 세상을 눈물로 버텨낼 수 없다는 것을 열한 살의 나는 알아차려야만 했다.

마음보다 몸이 더 빨리 반응했다.

그러니 당장의 한 끼의 끼니를 걱정해야 하는 나로선 눈물도 사치일 수밖에 없었다.

눈물 뚝!

나는 주먹으로 눈물을 훔쳐냈다.

그래야만 내 삶의 배고픔도 뚝, 하고 떨어져 나갈 것만 같았던 것이다.

열한 살 인생

언제까지 철부지 어린애로 지낼 순 없었다.

굶어 죽을 수도 없는 노릇이었다.

어머니가 돌아가신 이후 내가 제일 먼저 했던 것은 다니던 소학교초등학교를 그만두는 일이었다.

당장 하루의 한 끼니를 해결하며 살아가는 것이 삶의 전부로 전락한 고단한 내 삶에 교육은 그저 '돈 드는 사치'일 수밖에 없었던 것이다.

설상가상으로 학교에서의 내 삶은 그야말로 살풍경했던 것이다.

매월 월사금을 제 때에 내지를 못해 날마다 교실 뒤쪽에서 까까머리 위로 의자를 들고 낑낑대며 체벌을 받는 것이 일과였기 때문이다.

하지만 형편에 떼밀려 내 의지와는 상관없이 학교를 그만 다닐 것을 결심한 순간 나는 또 한 번 무너지고 말았다.

왈칵 눈물이 솟았던 것이다.

눈물이 그리도 갑작스럽게 왈칵 솟을 줄은 나도 미처 몰랐다.

나조차 알 수 없는 감정이었다. 감정 어느 부분에 그렇게도 민감한 촉수가 자리하고 있었는지 모를 일이었다.

나의 또 다른 모습이었다.

돌이켜보니 그때까지 나는 한 번도 공부하는 것을 싫어한 적이 없었던 것 같다. 정말 그랬던 것 같다.

실제로 어릴 적 나는, 호기심이 아주 많은 아이였다.

궁금한 게 아주 많았다.

별을 보면 별이 궁금했고, 나무를 보면 나무가 궁금했다. 사람을 보면 사람이 궁금했던 터라, 내 머릿속은 촘촘한 거미줄이 복잡하게 엉켜있는 듯했다. 그때마나 나의 머릿속을 편안하게 해준 사람은 바로 어머니였다.

그런데 어머니의 부재不在라니.

열한 살의 나에겐 너무나 가슴 아픈 일이고 기운 빠지는 현실이었다. 내가 그 현실을 받아들이는 일은 안타깝게도 어쩔 수 없이 주르르 쉴 새 없이 흘러내리는 눈물을 닦는 일뿐이었다.

아마도 그때부터였을 것이다.

내가 살아야 하는 숱한 이유들을 마음속에 켜켜이 쌓아가기 시

작 한 것은. 자의든 타의든 살아야 하는 숱한 이유 중의 첫 번째
는 당장 눈앞에 펼쳐진 문제를 풀어가야 했으므로.

그러니까 열한 살, 내게 있어 살아야 할 가장 큰 이유는 내 앞
에 놓인 문제를 푸는 것 이상도 이하도 아닌 셈이었다.

끼니.

끼니를 해결하는 것.

그것이 최우선이었던 것이다.

슬프게도 끼니를 해결하는 것이 공부보다 먼저였던 것이다.

이후로 살아가야 할 숱한 이유들은 하나 둘 늘어가기 시작했다.

세상에 공짜는 없다

✲

일거리를 찾아 퇴계원으로부터 5km쯤 떨어진 내곡리內谷里로 이사한 것은 학교를 그만 둔 직후로 열두 살 무렵이었다.

책보册褓 : 책을 싸서 가지고 다니던 보자기를 내던진 대신 끼니를 해결하기 위한 일거리를 찾기 위해 마을 곳곳을 이리저리 헤매고 다녔다.

품삯을 받을 만한 나이가 아니었으므로 어떻게 하든 내 입 하나만이라도 해결하고 살아남는 게 중요했다.

내가 찾는 일은 어른들의 잔심부름을 하는 일이었다.

끼니를 해결하는 일은 그만한 대가를 치르고 받는 보상이라 여겼던 나로선 주어진 그 어떤 일에도 최선을 다했다.

게으름을 피우지 않았으며, 일을 건성으로도 하지 않았다.

그래서였을까.

몸뚱어리를 움직여 한 끼를 해결하는 법을 터득한 나로선 '세상에 공짜는 없다'는 사실을 일찌감치 깨닫게 되었던 것이다.

간혹, 인심 후한 집안의 주인을 만나 겉보리라도 손에 들고 집으로 돌아오는 횡재 역시 공짜가 아니었던 것이다.

'기회'와 '희망' 없음의 막막함

사람의 운명이란 참으로 얄궂다는 생각이 든다.

막연하게 '다시 학교에 가서 공부하고 싶다'는 생각은 있었으나, 매일 끼니를 걱정해야 하는 내 처지에선 '학교'는 어느 순간부터 금기시해야 하는 단어일 수밖에 없었다.

그렇게 1년 정도 보내고 나자 학교에 가고 싶다는, 공부를 하고 싶다는 마음이 들썽거리기 시작했다. 어느 날 교복을 입고 지나가는 또래를 마주친 순간이었던 것이다.

마음 한 구석이 쑤시고 아팠다.

핑그르르 눈물이 돌았다.

그때까지만 해도 나는 세상에서 가장 나쁜 것이 '기회'와 '희망' 없이 살아가야 한다는 사실을 몰랐었다. 어머니가 돌아가신 이후부터 하루살이처럼 하루 끼니를 걱정하고 그 하루를 살아내는 것에만 급급해했던 것이다. 그러니 배움에 대한 간절함은 있었으나, 당장에 처한 내 삶의 초라함 때문에 간절함을 꿈으로 간직조차 못했던 것이다.

세상에서 희망 없이 산다는 것의 막막함.

열두 살, 세상에서 내가 처음 맞닥뜨린 완전에 가까운 절망이었다.

그리고 그 절망은 엉뚱한 곳으로부터 비집고 뛰쳐나왔다.

가끔씩 나를 불러 일을 시키던 부잣집 조씨 집안 큰손자 때문이었다.

그는 서울로 학교를 다니는 대학생이었다.

심부름으로 오며가며 몇 번 마주친 적이 있었는데 그에 대한 내 첫인상은 이랬다.

우선은 사각모를 쓰고 제복을 입은 모습이 눈부셨다.

거기에다 햇볕에 살짝 그을린 듯한 얼굴, 대못처럼 단단해 보이는 몸이 눈에 꽉 찼다. 더러 귓등에 비스듬히 연필을 끼우고 팔짱을 낀 채 심각하게 골똘해진 표정으로 대청마루를 오가는 모습을 볼라치면 왠지 모르게 가슴이 설레었다.

정확히 말하면 부러운 존재였다.

나와는 처지가 다른 사람.

부잣집 큰손자.

　그러니 나와는 처지가 달라도 한참 다른 사람으로 나와는 무관한 사람이었다.

　그런데 아니었다.

　어느 봄 날 해질 무렵, 농기구를 정리하고 있던 내게 그가 다가와 이렇게 말을 건넸던 것이다.

　"용철아, 너 공부하고 싶지 않니?"

"용철아, 너 공부하고 싶지 않니?"

�֍

처음에 난 그 소릴 듣지 못했다.

아니 잘못 들은 줄 알았다.

대학생인데다 부잣집 도련님의 입에서 그런 느닷없는 말이 나올 줄이야.

"너 공부하고 싶지 않니?"

그는 재차 내게 물었다.

"저요?"

뜬금없긴 나도 마찬가지였다.

그 자리에 나밖에 없으면서도 혹시나 잘못 듣기라도 한 듯 주변을 살피며 되물었다.

"응, 용철이 너 말이야. 할머니께서 시키신 일을 하는 것을 지켜보니 곧잘 하더라, 꼼꼼하게. 머리도 좋은 거 같던데. 어때?

나한테 공부 좀 배워보지 않겠니? 중학교 과정까지……."

"네, 할래요. 공부… 할래요."

나는 몹시 흥분한 어조로 그의 말꼬리를 잘랐다.

어디에서 그런 용기가 났던 것일까.

중학교 과정을 공부할 수 있다는 말에 꽁꽁 얽매였던 내 마음이 봇물 터지듯 터져버렸던 것이다.

그동안은 내 처지에 지레 겁먹고 금기어처럼 내뱉지도 못했던 중학교 공부였다. 출발은 그의 제안이었지만, 바로 그러마고 대답을 했던 것은 공부에 대한 나의 간절함이 내 스스로를 설득했기 때문이다.

일단 내 자신과의 합의를 하고 나니 이보다 더 강한 힘을 발휘하는 것은 어디에도 존재하지 않을 것 같았다.

그날 이후, 일을 끝낸 시간이 좀 더 어둠 쪽으로 기운 시간, 나는 예전처럼 책보를 허리춤에 두르고 허름한 내 집 문턱을 나섰다. 그러고는 솟을대문을 들어서서 나의 선생님이 되어 줄 그의 방문턱을 넘기 시작했던 것이다.

모든 것은 마음먹기 나름

나는 내가 처한 가난을 장애로 여겼었다.

힘겨운 상황 앞에선 단 일분도 버틸 수 없는.

하지만 그를 만난 이후 똑같은 시점과 위치에서 상황은 일백팔
십도 바뀌기 시작했다.

물론 그 전부터 바뀔 빌미는 있었다.

그의 할머니, 그러니까 그 집안의 안방마님은 다른 누구보다
나를 신뢰하고 예뻐했다. 일이 없어 집에서 쉬는 날에도 일부러
사람을 보내서 나를 불러 흰 쌀밥을 수북하게 퍼서 밥상을 차려
주곤 하셨다.

다른 집에선 받아보지 못한 밥상이었다.

기껏해야 보리밥이거나 감자를 잔뜩 넣은 밥이었다.

흰쌀밥의 상을 받을 때마다 나는 '부자가 되고 싶다'는 생각을

하게 되었다. 부자가 되면 흰쌀밥은 얼마든지 먹을 수 있을 테니 말이다.

그리고 또 하나.

'공부를 하고 싶다'는 간절함이 마음속에 아스라이 깃들곤 했다.

공부를 해야만 적어도 지금과는 다른 세상을 살아낼 수 있을 거란 생각이 들었던 것이다. 조씨 집안의 큰손자 대학생처럼.

그러나 부자가 되고 공부를 하고 싶다는 바람이 현실에서 쉽게 획득되어지는 게 아님을 어린 나이에 터득한 나로서는 요령부득이었다. 왜냐하면 현실 속의 나는 할 수 있는 일이 아직은 아무것도 없었다. 뭐라도 하고 싶은데 어찌해볼 여지가 없었던 것이다.

그러다 불현 듯 이런 생각이 들었다.

끝없이 자기변명을 늘어놓다 보면 나의 바람은 모두 먼 나라의 이야기밖에 되지 않을 것이란 것을.

부자가 되고 공부를 하고, 공부를 하고 부자가 되는 일의 첫 걸음은 '마음먹기'에 있다는 것을 은연 중 깨달았다.

열세 살, 나는 그에 대해 꼬치꼬치 캐묻지도 않고, 대놓고 경계하지도 않았다. 캐묻고 경계하기에 앞서 내가 가진 '간절함'이 훨씬 더 세게 꿈틀거렸던 것이다.

난생처음 반장이 되다

✳

마침내 나는 바라고 바라던 대로 공부를 하게 되었다.

교복을 입고 중학교에 가서 배우는 정식 학교 수업은 아니었지만 나는 누구보다 최선을 다해 수업에 열중했다.

나를 포함해 함께 수업을 들었던 학생은 모두 일곱 명.

그중 내 몸집이 가장 왜소했다.

덩치는 그렇게 꼴찌였으나 반면에 공부는 제일 잘했다.

반장을 맡게 된 이유였다.

반장은 난생처음이었다.

돌이켜보니 일곱 명 중에 반장을 한 것이 대단한 것은 아니었으나 당시에 내가 가졌던 상대적 우월감은 대단했던 것 같았다.

그 어려운 세상을 살아감에 있어 내게 중요했던 것은 대의大義였다. 지금도 그렇고 예전에도 나는 그랬던 것 같다. 작은 것을 잘해야 큰 것도 잘해낼 수 있다고. 그러니 우선은 작은 것에서 성과를 내야 차츰차츰 큰 것에도 성과를 내는 것이 순리라 믿어 의심치 않았던 것이다.

작은 성과 없이 어느 날 갑자기 큰 것을 획득하는 것은 시쳇말로 로또에 당첨된 것에 지나지 않는다.

'뜬구름'이라는 뜻이다.

설령 운이 좋아 로또에 당첨되었다 해도 그것이 뜬구름인 이상 오래갈 수가 없다.

나는 일찌감치 작은 것부터 성과를 내고 성공의 맛을 보는 것을 중요하게 여겼던 것 같다.

어쨌든 어려서부터 호기심이 가득했던 나는 공부를 하면 할수록 많은 것들에 물음표를 붙였다.

그럴수록 그에게 던지는 나의 질문 횟수는 당연히 늘어만 갔다.

그럴 때마다 그는 최선을 다해 설명을 해주었고, 쉽게 이해를 하지 못하는 문제에 대해선 다른 사람과 토의를 하며 문제를 풀어나가는 방법을 선택했다.

그렇게 2년 정도 공부를 하고 나니 중학교 과정은 물론 사회생활을 하면서 맞닥뜨릴 여러 가지 현안들이 체화되기 시작했다.

광복이 됨과 동시에 그가 일본으로 유학을 떠나게 되면서 야학은 자연스레 끝이 났다.

동시에 난생처음으로 내가 맡았던 반장의 자리도 끝이 났다.

아쉬움이 남았다.

반장을 못해서가 아니라, 지난 2년여 내 삶을 지탱해주었던 팽팽한 현絃이 느슨해진 것 같았기 때문이다.

꽃잎은 바람에 지지 않는다

2
장

군인이 되다

열다섯 살의 '선택' 과 '포기'

'야학을 마치면 군대에 들어가야지.'

나는 낮에는 남의 집 일을 돕고, 밤에는 공부를 하는 내내 군대에 들어가겠다는 생각에서 벗어나지 못했다.

결국 한 개인의 삶은 거대한 것으로 출발하지 않는 듯하다.

내가 야학을 마치는 대로 군대에 가려고 마음을 먹은 것은 단순함에서 비롯되었다.

그것은 여전히 배고픔에서 자유롭지 못했기 때문이다.

당시의 고단한 삶이 어디 나만의 일상이었을까.

모두가 힘들고 고단한 시대를 살았던 것은 부정할 수 없는 사실이다. 그러나 그렇다 해도 그런 힘들고 고단한 시간이 길어지면 누구든 지치게 마련이다. 그 순간, 배고픔을 해결해준다는 사탕발림은 단순한 사탕발림이 아니다.

생존에 대한 선택일 수밖에.

광복과 함께 지금의 군 조직인 '조선임시군사위원회'가 조직되면서 군 자원자를 받는다는 소문이 파다했다. 더구나 자원自願을 하게 되면 배불리 먹을 수 있는 것은 물론 공부도 가르쳐준다고 했다.

'먹을거리 해결'과 '공부에 대한 나의 간절함'은 나로 하여금 발걸음을 그곳으로 향하게 했다.

결과는 퇴짜였다.

나이가 어리다는 것이 부적격 사유였다.

만 18세가 되어야만 군에 들어갈 자격이 되었던 것이다.

나이가 어려 군대에 들어가지 못하는 나의 사정은 남들이 보기엔 겉으로는 얼마든지 아무렇지도 않은 듯 보일 수 있는 문제였지만 나로선 환장할 노릇이었다.

나의 상심은 이루 말할 수 없었다.

입대를 하기 위해선 4년을 더 기다려야 했다.

나의 상심이 클 수밖에 없었던 것은 현실의 무게감이 큰 때문이었다. 소학교를 그만 두고 지금껏 일만 하면서 살았는데 소학교를 그만 둘 때의 상황과 지금의 상황이 별단 다르지 않았다. 여전히 배가 고픈데다 사는 게 쉽지 않은 것이.

입대를 기다리는 4년의 기간 역시 어떠할지 불 보듯 뻔했다.

그 기간 나는 열심히 일할 것이지만, 여전히 배가 고프고 힘겨

울 것이다. 그렇다고 딱히 방법이 있는 것도 아니었다. 나로선 4
년을 기다리는 수밖엔 달리 방법이 없었다.

군대에 들어가는 일은 내 앞날만큼이나 그렇게 멀고 아득했다.

나는 4년 후를 '선택'하기 위해서 현재의 간절함을 '포기'해야만
했던 것이다.

눈에 보이지 않는 게 더 심각하다

'소문일 뿐이야.'

나는 애써 무심한 척 함께 야학을 했던 친구들의 말을 외면했다.

물론 나도 야학 선생님에 대한 소문을 듣지 않은 건 아니었다. 그가 유학을 떠난 지 1년 즈음 지나 마을 곳곳에선 그에 대한 이 런저런 말들이 떠돌아 다녔다.

"빨갱이였대매?"

"유학을 간 게 아니라 북한으로 넘어갔대."

군대에서 퇴짜를 맞고 돌아온 나를 붙잡고 전할 소식은 아니었다. 단지 물리적인 결격사유로 인해 군대에 들어가지 못했다 하더라도 간절함에 제동이 걸렸을 땐 그 충격은 더 큰 법이다.

더구나 함께했던 야학 선생님에 대한 나쁜 소식은 내 마음을 더 충격으로 몰아넣었다.

눈에 보이지 않는 것이 눈에 보이는 것보다도 훨씬 더 사람의 마음을 심각하고 불안하게 만들었다.

그럼에도 불구하고 나는 야학 선생님에 대한 믿음을 저버리고 싶지 않았다. '빨갱이'라는 죄목의 힘이 무시무시했던 상황에서 확인되지 않은 것들을 뭉텅이로 도매급에 넘길 수는 없었던 것이다.

이니, 믿고 싶어서 믿는 것만은 아니었다.

믿을 수밖에 없어서 믿는 것이기도 했다.

물론 나의 이런 야학 선생님에 대한 믿음은 머지않아 산산조각이 났다. 정확히 말하면 그것은 어느 정도 예상했던 일이었다. 그러나 어디까지나 불안스러움(?) 그런 거였지, 코앞에 닥친 일은 아니었다. 그 불안스러움 속에는 혹시 내가, 또는 다른 사람들이 잘못 알고 있을 수도 있다는 기대감도 함께였다.

야학 친구들과 헤어져 집으로 돌아오는 내내 야학 선생님과 함께했던 시간들을 되뇌었다.

수업을 하기 위해 남포를 켜놓고 담요로 문이란 문은 모두 가렸던 일, 자신도 부자이면서 부자들을 싫어하고 가난한 사람들을 치켜세우며 보잘것없고 가진 것 없는 나를 제일 귀여워했던 일 등등.

호기심이 많았던 나로선 당연히 야학 선생님에게 "왜?"를 물었다. 왜 담요로 문을 가리는지, 왜 부자들을 싫어하는지에 대해서. 그러나 그의 대답은 한결 같았다.

"그런 건 몰라도 된다."였다.

내가 그 말에 토를 달고 계속해서 질문을 하지 않았던 것은 나름의 예의였다. 또한 한마디씩 놓고 보면 어떤 트집이나 흠을 잡을 곳이 없어서였다. 그의 말마따나 거부의 감정이 실려 있다는 것 보다는 내가 정말 몰라도 되는 것이어서 그랬을 수도 있을 것 같았다.

또 내 아버지나 학교 선생님이 하지 못한 일을 내게 해주는 야학 선생님에 대한 일종의 보상심리 차원이었다.

그리고,

내가 군대에 간다고 했을 때, 다른 모든 사람들은 나를 만류했지만, 야학 선생님만큼은 내게 용기를 북돋워 주었다.

"뭐가 됐든, 선생님은 언제나 용철이를 응원하마."

당시만 해도 실제로 나는 딱히 빨갱이가 무엇인지 잘 몰랐다.

내 관심사는 오로지 '공부'하는 것이었고, 공부할 때 제공해준 '밥'에 있었다.

말하자면 나는 어떤 사상 놀음에 현혹되거나 빠져들지 않았다. 공부하는 것에만 의미를 두고 지냈던 것이다.

기어이 사달이 난 것은 5년 후, 북한의 6·25 남침전쟁을 겪으면서였다.

광복의 기쁨도 잠시, 이념 정국으로 혼탁해질 대로 혼탁해진 가운데 전쟁의 검은 구름이 세상을 뒤덮은 것이다.

그리고 나는 그들의 참혹하고 악랄한 민낯을 가슴 깊숙이 들여다보게 되었던 것이다.

두 번 만에 군인이 되다

살아 보니 사람 마음이란 건 믿을 게 못 되는 것 같다.

한순간 변할 수도 있는 게 사람 마음이고 보면.

그럼에도 불구하고 내 마음은 열한 살, 열두 살, 열네 살 그리고 열여덟 살까지 한결같았다. 그 마음이 한결같을 수 있었던 이유는 '밥'에 있었다. 밥, 밥, 밥.

군 입대 자격 미달로 퇴짜를 맞은 이후 4년의 세월이 흐르는 동안 나는 단 한순간도 군대에 대한 희망을 버리지 않았다.

당시 내게 있어 군대는 세상을 향한 비상구였다.

열여덟 살이 되던 그 해, 마침내 국방부조선경비대에서 군인을 모집한다는 공고가 떴고, 나는 공고가 뜨자마자 자원하기에 이른다. 그러나 서류를 검토하던 모집관의 표정을 보며 좋지 않은 생각이 들었다. 설마, 하면서도 일단 떠오른 좋지 않은 생각은 마음을 다급하게 만들었다.

의심의 눈초리로 서류와 나를 번갈아보던 모집관이 대뜸 물었다.

"어이 윤용철, 진짜 열여덟 살 맞아?"

순간 신경이 쭈뼛 곤두서는 것을 느꼈다.

모집관의 말이 걱정스러웠다.

그러면서도 다급해진 마음에 재빨리 대꾸했다.

"네, 맞습니다."

나의 재빠른 대답에도 면접관은 연신 고개를 주억거렸다.

"열여덟 살이 왜 그렇게 작지?"

그거였다.

모집관은 또래들보다 작은 내 몸뚱어리에 대한 의구심을 떨쳐내지 못했던 것이다.

"……."

나는 모집관의 질문에 아무런 대꾸를 하지 못했다. 아니 할 수 없었다. 그러는 사이 모집관은 내 대답 대신 옆의 다른 모집관과 귀엣말을 나누었다. 초조한 시간이 더디게 흐르고 있었다.

한 숨, 두 숨, 세 숨 정도의 시간 흐르자 모집관은 내게 시선을 고정시켰다. 좀 전의 다른 신중한 표정이었다.

"통과. 뭐 눈동자가 번쩍번쩍한 것이 열여덟 살 맞는 거 같네."

모집관의 그 말에 나는 함성이라도 지르며 뛸 듯이 기뻤다. 태어나 처음으로 내가 원하던 일을 이루게 된 것이다.

1949년 7월 2일, 그토록 바라고 바라던 군 입대를 하게 된 순간이었다.

그런 나를 두고 친구들과 마을 사람들은 이상하게 여겼다.

지금도 그렇지만 당시에는 세상이 더 어수선했다.

광복이 된 지 얼마 지나지 않은 것도 있지만, 전국적으로 좌익과 우익의 대립이 심화된 가운데 물리적 충돌이 잦았다. 그러다 보니 젊은이들 사이에서는 군대에 들어가면 죽게 된다는 것이 정설처럼 떠돌았던 것이다.

다른 사람의 생각이야 그러든 말든.

농사일을 도우며 새끼를 꽈서 공판장에 내다 팔면서도 내 생각은 처음과 같았다.

원천적으로 배고픔을 해결하는 것은 물론이지만, 실상은 그보다 다른 쪽으로 마음의 무게가 실렸던 것이다. 공부. 군대에 들어가 공부를 맘껏 하고 싶었던 것이다.

물론 이 또한 다른 사람들의 관점에선 이해되지 않는 맥락일 터. "군대에서 어떻게 공부를 해?"라고 따지듯 물을라치면 나로서도 정답이나 그에 상응하는 말을 해줄 순 없었다.

그런데 왠지 모르게 내 마음이 그랬다.

공부를 할 수 있을 거 같았다.

굳이 다른 사람들을 이해시키려고 하지 않았다.

사실 남을 이해한다는 것처럼 어려운 것이 어디 있겠는가.

다양하고 미묘한 마음의 층층을 지닌 사람들을 어떻게 모두 알 수 있겠는지.

그 시절의 나는 그냥 마음이 시키는 대로, 마음이 흐르는 대로 흘러가려고 했었다.

꼬마 병사의 오기傲氣

❋

경기도 의정부에 소재한 제1연대 3대대로 입대했다.

군번 1111039.

보니까 함께 입대한 40명 중 내가 제일 왜소했다.

사실 나는 그때까지만 해도 내가 또래에 비해 얼마나 작은지를 알지 못했다. 모집관의 의심의 눈초리, 그리고 함께 입대한 동기들을 보고 나서야 그들보다 뼘 가웃이나 작은 것을 실감했다.

그때부터였다.

내 별명이 '꼬마'가 된 것은.

M1 소총을 메고 훈련을 받을 때면 내가 꼬마인 것이 더더욱 도드라졌다. 총을 질질 끌고 다녀야 했던 것이다.

"인마, 이리 내!"

내가 총을 질질 끌고 다니며 훈련 받는 것을 볼라치면 선임하사나 향도들이 다가와 내가 메고 있던 총을 빼앗다시피 해서 대신 들어주곤 했다. 꾀부리지 않고 기를 쓰며 훈련받는 내 모습이 선배들 눈에 들었던 모양이다.

그도 그럴 것이 당시에는 군대를 뛰쳐나가는 사람들이 많았다.

고된 훈련과 단체생활에 적응하지 못하기 때문이다. 그들의 대부분은 고생이라곤 해본 적 없는 부잣집 출신들이었다.

반면 나는 군대생활을 즐기며 했다.

군대생활 자체를 좋아했다.

시대가 어수선하던 때라 군의 정신무장을 위한 교육은 물론 임무 수행을 위한 많은 교육들이 실행되었기 때문이다. 총검술을 비롯한 화생방, 소화기 다루는 법 등등.

물 만난 물고기처럼 파닥거리며 공부했다.

외울 것이 굉장히 많았다. 하나부터 열까지 죄다 외울 거 투성이였다. 시쳇말로 당시 군대에서는 외우는 것을 잘 하는 사람이 최고였다. 내가 또 외우는 것을 무진장 잘 했던 것이다.

비록 꼬마로 불릴 만큼 내 몸은 왜소했으나 훈련이면 훈련, 공부면 공부에 대한 오기傲氣 만큼은 남달랐다. 그런 내 모습이 귀여웠던지 선임들이 남몰래 장교 식당과 중하사관 식당으로 불러내 묻곤 했다.

"용철아, 배가 고프지 않냐?"

그들에게 내 대답은 들으나마나였다.

"네, 그렇습니다."하는 내 대답이 떨어지기 전에 먹을거리를 챙겨주곤 했던 것이다.

그러다 보니 내 모습에 변화가 일어나기 시작했다.

보기 좋게 살집이 붙었고 키도 크기 시작했던 것이다.

살집이 붙고 키만 자란 것은 아니었다.

살집이 붙고 키가 자란 만큼 삶에 대한, 그리고 세상을 보는 눈이 함께 자라면서 군대생활을 통해 내 인생의 튼튼한 기초를 다잡기 시작했던 것이다.

1949년 9월, 신병시절

아버지와 화랑 담배 10개비

내가 군 생활에 적응하며 인생의 튼튼한 기초를 다잡아 가는 것과는 무관하게 집안 형편은 여전히 어려웠다.

부대에서 외출을 나와 집에 들러도 먹을 밥이 없었던 것은 여전했다. 그래서 외출을 나오게 되면 으레 집부터 들르지 않았다. 부대 근처의 농가에서 타작 일을 돕거나 집 근처에서 일거리를 찾아 끼니를 때우고서야 집에 들렀다.

그렇지만 나는 한 번도 아버지를 원망한 적은 없었다.

소학교를 그만 둘 때도 그랬고, 가난으로 끼니를 걱정해야 하는 순간에도 그랬다.

오히려 군 월급 대신 나온 화랑 담배 10개비를 모았다가 아버지에게 가져다 드렸다.

오지랖이 넓어서가 아니었다.

이해심이 많아서도 아니었다.

그 시절 그때는 대부분의 사람들이 우리 가족처럼 그렇게 고단한 삶을 살아내고 있었기 때문이다.

그러니 아버지를 탓한들 뭐할 것이고, 울어본들 밥이 나오고 쌀이 나오는 게 아니었다. 그럴 시간에 한 푼이라도 버는 게 낫다고 여겼다.

그래서 결심한 것이 언제나 주어진 오늘 하루, 그 하루만을 잘 살아내기로 마음먹었다. 그렇게 하루에 하루를 보태다 보면 어딘지 모르지만 그 끝에 '뭔가'가 있을 거라 믿었다.

'뭔가'가 뭔지 몰라도 일단은 가봐야 확인 할 수 있을 테니 나는 그저 오늘 하루를 살아내는 것에 집중했다.

그리고 '뭔가'가 조금씩 보이기 시작한 것은 이등병ⱽ에서 일등병계급장 없음으로 진급할 무렵 의정부에서 동두천 막사로 보직 발령을 받아 이동했을 때였다.

아버지가 동두천 막사로 면회를 오셨던 것이다.

면회를 마치고 돌아서던 아버지께서 내 손에 꼬깃꼬깃해진 돈을 쥐어주며 말씀하셨다.

"용철아, 갖고 있다 필요할 때 쓰도록 해라."

아버지께서 내 손에 쥐어 준 돈은 모두 400원이었다.

나는 잠시 그 돈을 내려다보다 다시 아버지의 손에 돌려드렸다.

"아버지, 저 돈 필요 없습니다. 군인이 무슨 돈이 필요하겠습니까. 아버지께서 더 많이 필요할 텐데 아버지가 쓰세요."

받을 수가 없었다.

아버지가, 그 돈을 모으기 위해 어떻게 했을지 눈에 훤했기 때문이다. 눈물이 왈칵 끼쳐왔다. 아버지는 분명 남의 집 일을 하고 받은 품삯을 먹지도 않고, 쓰지도 않고 모았을 터였다.

무엇보다 그 돈을 모으며, 지금껏 한 번도 내색하지 않은 자식에 대한 무능력과 미안함을 수없이 자책했을 아버지였기에 가슴이 먹먹했던 것이다.

"미안하다, 용철아~!"

아버지께서는 끝내 참고 참았던 눈물을 터뜨렸다.

그 눈물에 나도 무너졌다.

아버지를 부둥켜 앉고 꺼억꺼억 소리 내어 울기 시작했다.

말로 표현하지 않았어도 서로의 진심이 통했던 것이다.

계속된 궁핍의 고통 속에서도 내가 살아 있는 것은 순전히 아버지란 존재 때문이었다. 아버지는 어머니처럼 표현에 익숙하지 못했을 뿐이지, 마음은 언제나 어머니와 다르지 않았던 것이다.

내게 보인 그날의 아버지 눈물은 세상에서 제일 아름다운 눈물이었다.

이후로 내 마음이 궁굴려졌다.

아버지처럼 살지 않겠다는 다짐이 아니었다.

아버지와 같은 슬픔, 말하자면 부모로서 자식에게 미안한 마음을 간직하지 않겠다는 나 자신에 대한 통과의례의 채찍이었다. 그리고 그 채찍은 나로 하여금 '기필코 성공하겠다'는 다짐과 함께 '내 자식에게 미안한 부모는 되지 않겠다'는 다짐을 만들어내기에 충분했던 것이다.

군에 가면 죽을지도 모른다는 말

✿

내가 일등중사하사로 진급을 앞둔 무렵, 세상은 이전보다 더한 균열음으로 가득했다.

세상 곳곳은 갈수록 이념의 충돌이 거세졌다.

금방이라도 어디선가 전쟁이 터질 것 같다는 소문이 무성했던 것이다. 세상이 위태위태했다.

여기서 잠깐, 내가 군 입대 하던 때와 군 입대 이후 6·25 한국 전쟁을 맞닥뜨리기까지의 시대적 배경을 정리해보도록 하겠다. 많은 사람들이 군에 들어가면 죽을 거라 생각했는지에 대한 상황을 이해할 수 있으리라 본다.

사실 6·25 남침전쟁 관계 문서들이 공개되기까지, 나를 포함한 우리 국민 모두는 1945년 2월 얄타회담에서 미·영·소 3국 정상들이 38선을 경계로 신탁통치안信託統治案을 합의했다고 믿었다.

미국 국립문서기록관리청National Archives and Records Administration의 문서번호 〈319-ABC File 1942~1948, No.387〉과 케네디 정부 시절 국무장관을 지낸 딘 리스크Dean Rusk의 냉전비망록《내가 본대로, As I saw it》에 의하면 '38선은 1945년 8월 10일 일본이 항복 의사를 표명한 당일 자정 무렵, 소련이 한반도 전역을 점령한 이후 급하게 그었던 군사적 저지선沮止線'이었다.

소련도 미국의 의견을 인정하여 38선에서 진군을 멈췄던 것이다.

그러니 36년간 일제강점기로부터 광복이 된 우리 민족에게 38선은 그야말로 운명의 선이 아닐 수 없다.

제2차 세계대전의 승전국들이 그은 선으로 38선을 기준으로 북쪽은 소련군이 남쪽은 미군이 진주하면서 한반도는 분단이라는 새로운 국면을 맞은 것이다.

숙명처럼 받아들일 수밖에 없었던, 고정선이었던 것이다.

한반도의 38선 분할은 제2차 세계대전을 종결짓기 위한 카이로와 얄타·포츠담 회담에서는 거론되지 않았다.

1943년 11월 23일, 카이로회담에서 '적절한 절차에 따라 한국의 자유 독립'이 약속 된 이후 이를 재확인했을 뿐.

일본군의 무장해제를 명분으로 남과 북에 진주해 있던 미군과 소련군은 38선을 경계로 군정軍政을 실시했다.

최초 38선의 선정은 미국의 입장에서는 어떠한 정치적 이해관계를 개입시키지 않은 군사적 조치였다. 반면 소련은 38선을 자유진영과 공산주의의 구획선으로 간주하고 행동을 하기 시작했다.

소련은 제일 먼저 1945년 8월 25일 남북 간의 민간인 왕래를 차단했다.

전화와 우체국, 철도 운행을 금지시켰던 것이다.

동시에 각 도청소재지를 점령하는 것을 시작으로 8월 29일에 이르러 북한 전역을 점령해버렸다.

9월 6일 해주와 서울 간의 전화를 차단시킨 것을 끝으로 소련은 북한 전역의 공산화를 위한 정치 및 사회제도의 개혁에 착수했다. 38선은 그렇게 소련에 의해 고정된 선으로 자리 잡게 된 것이다.

이런 상황에서도 소련군은 38선을 임의로 들락거렸다.

개성에는 미군이 진주하기 직전까지 수시로 체류했다는 증언이 있고, 춘천에는 미군이 배치되던 1945년 9월 20일에도 소련군 정치장교들이 도청간부 연회에 모습을 드러내기도 했다.

남한에 주둔한 미군

광복과 함께 북한에 주둔한 소련군

소련군은 북한에서 전국적으로 단일 정부를 수립하고자 했던 '건국준비위원회'를 해체하고, 제25군사령관 치스차코트 대장이 설립한 '민정부Granzhdanskia Administratsiia'를 내세웠다.

소련 군정하의 북한은 김일성 주도로 임시인민위원회를 발족시켜 사회주의화를 신속하게 단행했다.

북한 지역 산업의 90퍼센트 이상을 국유화하고 1947년 2월에는 임시인민위원회를 북조선 인민위원회로 개편하여 단독 정부 수립을 준비하기 시작했다.

반면 남한은 신탁통치를 둘러싼 국제회담 상황에 좌우되면서 사회 불안이 계속됐다. 북한 지역에 소련군이 신속하게 주둔한 것과 달리 미군은 미·소간의 분계선을 믿고 한반도 주둔을 느긋하게 추진했던 것이다. 1945년 9월 3일에 이르러서야 일본 오키나와를 출발했으니 말이다.

서울에 입성한 미군은 9월 9일 짐령군사령부를 설치하고 그날 오후 4시 총독부옛 중앙청 건물에서 일본군의 항복문서 조인식을 했다.

9월 12일, 미 육군 군정청이 문을 열고 군정에 들어갔다.

미 군정은 남한 내 정치적 중립을 표방하고 사상의 자유를 인정했다. 미 군정하의 남한은 자유로웠다.

그러다 보니 북한이 김일성 중심의 집권화를 진행한 것과 달리 남한에서는 정치세력을 규합하기가 쉽지 않았다.

지나친 자유 속에 혼란이 가중되었다.

좌익 인사들이 건국준비위원회를 조직하여 남한 내 조선공산 당의 설립을 시도했다. 이에 우익 인사들은 건국준비위원회의 견제를 위해 한국민주당을 창당했다.

그러나 건국준비위원회는 박헌영朴憲永 중심 세력에 의해 잠식 되고 조선공산당을 재건하기에 이른다. 그들은 남한 내 혼란을 조성하기 위해 폭력과 파괴공작을 일삼았다.

남한 사회를 결정적으로 들끓게 만든 것은 1945년 12월, 모스 크바 미·영·소 3국의 외무장관 회담에서 결정한 신탁통치안이 었다.

이 결정은 남한 사회에 극심한 좌우 이념대립을 불러왔다.

임시정부 수립을 논의하기 위해 2년여에 걸쳐 열린 미·소 공 동회담도 성과를 내지 못했다. 미국은 신탁통치안의 포기를 선 언하고 모든 문제를 유엔으로 이관해버렸다.

1947년 11월 14일, 유엔은 남북한 총선거 실시를 결정했다.

남북한 총선거를 위해 유엔 한국임시위원단을 한국에 파견 했다.

소련 측은 이들의 입북을 허용하지 않았다.

유엔은 위원단의 활동이 가능한 남한지역에서만 총선을 실시 하기로 했다.

1948년 5월 10일, 정부 수립을 위한 총선거가 남한에서 실시되었다. 좌익세력의 거센 반대와 남로당南勞黨의 방해공작 속에 치러진 5·10 선거에서 198명의 국회의원이 선출되어 국회가 개원했다.

이에 북한은 남한 선거 4일 후인 5월 14일 정오, 아무런 통보도 하지 않은 채 일방적으로 단전을 해버려 남한을 '전기 없는' 암흑세계로 몰아넣고 말았다.

7월 17일, 대한민국 헌법과 정부조직법이 공포되고, 광복 3년 만인 1948년 8월 15일 대한민국 정부를 수립했다.

이에 소련의 지령을 받은 북한은 1948년 9월 9일 곧바로 김일성을 수상으로 추대하고 박헌영을 부수상으로 삼아 '조선인민공화국'을 창건했다.

유엔 관할의 추가적인 총선거도 외면한 채 오직 '공산화共産化'를 위한 기회만을 만들어갔다.

한반도의 공산화를 위해 빠른 시일 내에 남한 내의 미군을 철수시켜 남한에 대한 미국의 영향력을 없애고자 했다. 미군을 철수시킨 후 한반도 힘의 불균형을 만들어 자신들의 야욕을 충족시키고자 했던 것이다.

북한은 남북한 점령군의 동시 철수를 촉구하는 호소문을 미·

소 양국에 발송, 이에 소련군은 1948년 10월부터 12월에 걸쳐 북한지역에서 철수를 했다. 주한미군 역시 1949년 6월까지 남한으로부터 철수를 마치게 된다.

하지만 1949년 10월 중국이 완전 공산화가 됨으로써 한반도 주변의 힘의 균형은 소련을 중심으로 한 공산세력으로 기울게 되었다.

이에 미국은 1950년 1월 '태평양 방위선'을 발표해 중국과 소련의 밀착을 방지하여 아시아에서의 소련과 힘의 균형을 유지하고자 했다. 그러나 '태평양 방위선'은 주한미군을 철수한 가운데 한반도를 미국의 영향력에서 제외시키는 결과를 가져왔고, 김일성의 한반도 공산화 야욕만 실현시킬 호기를 제공한 셈이 되고 말았다.

김일성은 이런 복잡한 국제적 정세를 이용하여 1948년 12월 이후 북한군 근대화와 전력보강에 착수했다. 그리고 주한미군이 철수를 마친 후 38선을 경계로 남한을 향한 도발을 일삼아 남북 간의 충돌을 일으켰다. 몇몇 지역에서는 남북 간 치열한 전투가 벌어지기도 했다.

북한은 이처럼 한편에서는 근대화 전력보강에 나서는가 하면

다른 한편으로는 남한의 국력을 분열시켜 놓은 후 소련의 승인
하에 1950년 6월 25일 전면 남침에 이르게 된 것이다.

그러니 그 시절, 내가 군에 자원하여 들어갈 즈음 '군에 가면
죽을지도 모른다'는 말이 다만 유언비어만은 아니었던 것이다.

3 장

아, 6·25 그런 전쟁

폭풍 전야

사람들은 훗날, 다시 말해 가까운 미래든 먼 미래든 기다리는 것에 익숙하지 않다. 오늘 있던 사람이 내일도 그 자리에 있으란 법이 없어서가 아닐까 싶다. 시국이 어수선하고 불안하면 더더욱 그런 마음이 들 수밖에 없다.

1950년 6월 24일 토요일.

뭔지 모르지만 불안했다.

곧 북한군의 전면 남침이 있을 거라는 소문이 부대 내에 파다한 때문이었다.

그런데 어찌된 노릇인지 우리 군은 자정을 기해 그동안 유지해오던 비상경계령非常警戒令을 해제한 후 농촌 모내기를 도우라며 전후방 장병들에게 특별휴가를 주었다.

다음날이 일요일이어서 나를 포함한 부대 병력 절반 이상이 외출에 나섰다.

부대를 걸어 나오는 내내 뭔지 모르게 마음이 불안했으나, 생각해 보면 그런 내 마음이 기우이길 바랐던 마음이 더 컸던 것 같다. 더구나 어디까지나 불안스러운 내 마음이 문제지 그 불안함이 코앞에 닥친 일은 아니었으니 말이다.

무엇보다 그 불안스러운 마음속에는 정말로 아무 일도 일어나지 않을지도 모른다는 기대감이 가득했을 터였다.

하지만, 그런 불안함과 상관없이 세상은 너무나 고요했다.

채병덕 육군참모총장 이하 국군의 고위 간부들은 6월 24일 저녁 6시에 시작한 육군회관 낙성식 파티로 술에 취해 다음날 새벽녘에야 잠자리에 들었다고 한다.

일본 도쿄의 미 극동군 사령관 맥아더 장군 또한 다른 주말과 다름없이 관사에서 가족들과 함께 영화감상을 하다가 밤 12시 즈음 잠자리에 들었다.

규슈에 주둔해 있던 미 보병 제24사단에서는 가면무도회가 열렸다. 사단장 딘 소장 내외가 한국의 전통 의상을 입고 참석했다가 자정 넘어 취침에 들었다고 한다.

물론 나를 포함하여 휴가를 받은 장병들 모두 다른 때와 변함없이 일상적인 주말 저녁을 보냈을 터였다.

훗날, 이러한 사실을 전해 듣고 떠올린 속담 하나가 있었다.

'집에 도둑이 들려면 개도 짖지 않는다.'

불과 몇 시간 후 지구상에서 일어날 가장 비극적인 6 · 25 한국
전쟁이 코앞의 일이라고는 믿을 수 없을 만큼 이상한 고요함이
었다.

남침암호 '폭풍'의 그 날, 6월 25일

1950년 6월 25일 일요일 새벽 4시.

우리 민족사에 영원히 씻을 수 없는 비극이 일어났다.

남침암호 '폭풍'과 함께 북한 공산군이 수백 대의 탱크를 몰고 쳐들어왔던 것이다.

북한군의 전쟁 목표는 애초부터 남한 내 대공황을 조성하여 전쟁의 주도권을 장악해서 조기에 전쟁을 종결하겠다는 것에 있었다. 일련의 조짐들이 있었다.

당일 아침 이전의 일주일 전부터 북한은 38선 근처로 군대를 재배치하고 전투태세를 마쳤던 것이다. 그런 북한군의 움직임을 보고 남침이 임박했다는 결론을 내렸음에도 불구하고 남한군은 비상경계령을 해제했다.

비상경계령을 해제한 상태에서 전쟁을 맞는다?

납득이 되지 않지만, 현실은 그러했다.

당연히 피해는 이루 말할 수 없었다.

당일인 6월 25일에만 희생된 아군의 수가 5천여 명에 달했다. 이는 1129일의 전쟁기간 중 희생된 아군의 10분의 1에 달하는 숫자다. 아군의 방어가 취약했던 반면 적군의 준비가 철저했음을 의미한다.

실제로 우리 연대의 연대장 함준호 대령은 동두천 전선에서 분전하다가 창동 저지선까지 후퇴해 온 예하 장병들을 집결하여 결전을 하다 전사했다. 마지막 결전을 위한 작전을 구상하던 중 적의 탱크가 우이동 골짜기로 접근해오는 것을 목격했다.

순간 그는 적의 탱크를 격파하기 위한 수류탄을 들고 적진에 달려들다 적의 전차포와 기관포 사격에 전사했다.

나는 그런 전쟁의 중심에서 아무런 준비 없이, 첫날부터 북한군과 맞닥뜨려야 했다.

북한군의 남침 전날 휴가를 나와 내곡리 집에서 잠을 자고 있던 내가 명령을 받고 동두천 부대로 귀대했을 때는 6월 25일 오전 9시경.

새벽부터 내리던 가랑비는 좀 더 굵은 빗줄기가 되어 눈앞의 시야를 흐릿하게 만들었다. 그래서인지 귀대를 서둘렀던 내 마음 또한 불안했다. 비단 나뿐이었겠는가.

집결지에 모여 우왕좌왕하던 병사들 모두가 그랬을 것이다.

하지만 우리는 대한민국 군인이었다.

함께 전투 전열을 갖추고 봉암리 지역으로 향한 것은 오전 11시경이었다. 하지만 이미 적군은 봉암리를 경유해 동두천 측방 공격을 위해 진출 중이었다.

사정을 알지 못한 우리 대대가 진지를 향해 돌아서 오던 중, 동막골현재는 동두천 하봉암동 북쪽에서 시뻘건 신호탄이 터지며 내가 있던 곳에 포격이 가해졌다. 때를 같이 해 적 탱크 5~6대가 밀고 들어왔다.

막상 적으로부터 공격을 받고 보니 머릿속이 하얘지는 듯했다. 그동안 군인으로서 전쟁을 대비해 받은 훈련이 있다고는 해도 그것은 어디까지나 막연한 일이었다. 현실이 아니었다.

그러나 현실은 훨씬 가혹했다.

적의 포격과 탱크 앞에선 개인화기는 무용지물이나 마찬가지였다.

진지가 부서지고 전우들의 부상이 속출했다.

때를 같이 해 포천의 9연대가 붕괴되었다는 소식이 들려왔다. 포천은 내가 있던 동두천, 의정부와 함께 적의 주공부대가 공격을 집중해온 축선이다. 세 지역이 무너지면 적군이 서울로 빠르게 진입할 수 있는 지형이기 때문이다.

우리 부대는 포천의 붕괴와 함께 덕정으로의 철수를 결정하고 준비했다.

그 과정에서 동기생이었던 김일병이 적의 기습 공격으로 팔과 다리에 총상을 입었다.

혼자서는 도저히 움직일 수 없는 상황이었다.

그렇다고 누구 하나 구원의 손을 내밀 처지도 못되었다.

모두가 제정신이 아니었다.

나 역시 마찬가지였다.

처음, 부대로 복귀하라는 소식을 접했을 때만 해도 나는 내 스스로를 믿었다. 내가 그토록 간절히 바라던 군대 생활이었고, 나라가 위태로워졌으니 목숨을 바쳐야 한다는 생각에 의심을 하지 않았다. 물론 태어나 한 번도 겪어본 적이 없는 전쟁이라는 상황 속에 뛰어든다는 것이 조금은 두려웠지만, 누군가는 해야 할 일이라 믿었다.

그리고 국가로부터 희망과 기회를 받은 나로선 그 '누군가'가 마땅히 내가 되어야 한다고 굳게 믿었던 것이다.

그런데,

부대로 복귀하고 보니 마음이 흔들렸다.

전쟁 소식을 들은 병사들 중에 부대로 복귀하지 않은 병사도 있었고, 이미 복귀한 병사들 가운데서도 탈영병이 속출했던 것이다.

그들이 가졌던, 혹은 갖고 있는 공포감이 마음 깊숙한 곳에서 이해가 되었다.

낯설고도 끔찍한 전쟁과 죽음.

그리고 그 전쟁으로 신체적 상해를 입은 동료의 눈빛에 담겨 있는 공포감과 살고 싶다는 간절함은 열아홉 살의 내 마음을 흔들기에 충분했다. 어쩌면 내가 입었을 총상이었을지도.

'죽고 싶지 않아. 난 반드시 살 테다.'

내 마음의 메아리였다.

길은 하나밖에 없다고 여겼다.

그를 데리고 전쟁터를 떠나는 것.

나는 총상을 입고 피투성이가 된 김일병을 둘러업고 전투지역을 벗어나기로 결심했다.

그랬다.

당시의 나는 복합적 사고와 다양한 감정의 줄기를 지닌 틀림없는 이성적인 동물이었다. 그러니 부대로 복귀할 때의 내 모습이나 전투지역을 벗어나기로 결심한 나의 다른 두 모습은 다 내가 지닌 참모습일 터였다.

물론 나 혼자서는 그곳을 빠져나올 생각을 하진 않았을 것이다.

내가 보는 눈앞에서 적의 총탄에 부상을 입은 동료를 보는 순간, 본능적으로 살고 싶다는 마음이 더했던 것이다.

나는 피투성이가 된 동료를 잽싸게 둘러업었다.

목숨을 걸어야 목숨을 지켜낼 수 있는 상황을 빠르게 인식하며 그곳에서 가급적 멀리 벗어나기 위해 나는 달리고 또 달리기 시작했다. 피투성이가 된 부상자를 업고 전투지역을 빠져나오는 내 모습에 어느 누구도 의심하는 사람은 없었다.

그것이 그날의 현실이었던 것이다.

사람들은 흔히 그러한 진실에 대해 의문을 품기보다는 그것이 현실적으로 얼마나 와 닿는가에 주목을 하는 것 같다.

예나 지금이나.

그것이 현실이다.

즉, 현실은 바로 진실에 가깝다.

많은 사람들이 현실과 진실 사이에서 갈등을 하는 이유이기도 하다.

얼마쯤 지났을까.

나는 가쁜 숨을 고르기 위해 걸음을 서서히 늦추며 등에 업혀 있던 동료를 풀 섶에 내려놓았다. 아무런 기척이 없었다.

먼저 그가 죽었다.

어쩌면 내가 맞을 총이었을 수도.

나는 신음을 곱씹었다.

감정의 동요를 막기 위해서 숨을 길게 들이마셨다가 천천히 내쉬기를 반복했다. 그 순간에 내가 할 수 있는 일은 침착하고 냉정해야 했다.

어둠이 짙어지면서 빗줄기는 조금씩 잦아들었다.

우물 속에서 보낸 하룻밤

태양은 매일 떠오른다.

이것은 불변의 진리이다. 하지만 화력이 불을 뿜는 저 너머, 죽음의 전쟁터에서는 일상의 진리들이 모두 빛을 잃게 된다.

과연 내일도 태양이 떠오를 수 있을까?

당연히 그래야겠지만 평범한 그 진리를 전쟁터에서는 믿을 수가 없을 것 같았다.

동료의 죽음을 뒤로 하고 나는 또다시 발걸음을 재촉했다.

전투지역으로 돌아갈 수는 없었다.

의정부 쪽으로 방향을 잡았다.

그곳을 경유하여 서울로 향할 생각이었다.

나는 어둠이 짙게 내려앉았지만 산길을 따라 걸었다.

여전히 들려오는 포격 소리에 가슴이 철렁하면서 전우들이 걱정되었지만, 아무런 대책 없이 탱크를 밀고 들어온 북한군과 마주할 수는 없었다.

가다 서기를 반복하던 걸음을 멈춰 선 곳은 의정부 외곽 지역이었다. 허기가 졌던 것이다.

하루 종일 물 한 모금을 마시지 못했다.

더는 한 걸음도 뗄 수가 없었다.

마을에 도착했다는 안도감에서인지 온몸에서 기운이 빠져나간 듯했다. 그러나 포천이 적군에게 뚫린 지 몇 시간이 지난 마당에 의정부에서 오래 머물 수도 없는 노릇이었다.

뭐라도 요기를 하고 다시 걸음을 재촉할 생각으로 주변을 살폈다.

불이 꺼진 마을은 매우 어수선했다.

아군인지 적군인지 민간인지 구분이 되지 않는 무리들이 곳곳에서 모습을 드러내기도 했다. 기겁을 하고 어둠 속으로 몸을 숨긴 채 접어든 곳은 눈에 익은 장소였다.

호원동 방직공장 지대.

그곳은 외출을 나왔을 때 몇 번 들러서 일을 해주고 품삯을 받았던 곳이기도 했다.

조심스레 공장 곳곳을 살펴보았다.

인기척이 여러 곳에서 들렸다.

하지만 아군인지 적군인지 구분 되지 않는 상황에서 무턱대고 건물 안으로 진입해 몸을 의탁할 수는 없었다.

그때 생각해낸 것이 마을 헛간 옆에 있었던 폐우물이었다.

그 속에 들어가 몸을 숨긴 뒤 헛간에서 들고 온 지푸라기를 머리 위에 덮고는 잠시 휴식을 취한 후에 이동하기로 작정했다.

문제는 그 다음이었다.

잠시 쉰다는 것이 그만 나도 모르게 깊은 잠에 빠져들고 말던 것이다.

태어나 처음으로 접하는 전쟁.

그 놀람 앞에 물리적인 두려움의 감정이 잠이라는 실체로 내 몸을 지배하고 있던 그 시각, 내가 다시 눈을 뜬 것은 누군가의 눈길이 내 몸을 훑고 있다는 느낌 때문이었다.

나는 본능적으로 눈을 떴다.

그리고 눈앞엔 내가 덮고 있던 지푸라기를 조심스레 들춰낸 뒤 바라보는 4개의 얼굴이 나를 향해 의심스러운 경계의 눈길을 보내고 있었다.

나는 신경이 쭈뼛 곤두서는 것을 느꼈다.

"아군이오, 적군이오?"

먼저 입을 뗀 것은 그중 제일 연장자인 듯한 사람이었다.

"아군입니다."

엉겁결에 대답을 한 나는 천천히 몸을 일으켜 세운 뒤 우물 밖으로 기어 나왔다.

세상은 어느새 어둠과 밝음이 반반씩 섞여 있는 새벽녘이었다.

그런 내게 또 다른 사람이 확인하려는 듯 다시 물었다.

"아군이오, 적군이오?"

아뿔사!

그제야 나는 그 질문의 핵심을 알 수 있었다.

군복을 입고 있는 내 모습이 그들 눈엔 아군인지 적군인지 식별될 리가 없었던 것이다.

"대한민국 군인입니다. 동두천 전투에서 그만……."

"쯧쯧쯧, 동두천이랑 포천 쪽에서 큰 전투가 있었다고 하더니만. 패잔병인 게로구만. 여기도 안심할 수 없소. 서둘러 뜹시다."

내 말을 자른 연장자의 말은 무거웠고, 얼굴은 침통하게 변해 있었다.

북한군의 침략은 모든 사람들을 공포 속으로 몰아넣었던 것이다.

"이 난리 통에 여기 이러고 있다간 모두 죽어, 일단 살고 봐야 후일도 도모할 수 있지 않겠소. 갑시다. 저쪽 뒷길, 산으로 넘어갈 건데."

그의 손끝엔 먼 산이 잇대어 있었다.

그중 누군가가 삼각산이라고 말했던 것 같다.

"저기로 가면 살 수 있습니까?"

나는 나도 모르게 본능적으로 그렇게 물었다.

그 말을 묻는 내 속에서 뜨거운 덩어리가 치밀어 목구멍을 틀어막는 듯했다.

살고 싶었다.

아니 나는 꼭 살아야만 했다.

핑계 같지만 내 몸 하나 살자는 것보다는 나라가 걱정이면서도 혼자서 어쩔 수 없는 현실에 울화가 치밀었던 것이다.

전쟁 2일째, 진실과 거짓 사이

빛이 가득한 곳에선 발끝의 그림자가 선명할 수밖에 없다.

반면 어둠이 가득한 곳에선 흐릿한 빛줄기는 갈피를 잡지 못하기 마련이다.

전쟁이란 현실이 꼭 그랬다.

흐릿해서 갈피를 잡지 못하게 했다.

방직공장에 모여 있던 일행들과 피란길에 올랐지만, 갈피를 잡을 수 없었던 것이다.

북한군은 전쟁 개시 반나절 만에 동두천까지 밀고 들어왔다.

채 한나절도 못돼 포천지역을 뚫어버린 북한군이었다.

이튿날에는 탱크와 기마병을 앞세운 북한군이 의정부까지 물밀 듯 밀려들었던 것이다.

이대로라면 피란길마저 백해무익할 것 같았다.

그렇다고 어떤 좋은 대안이 있었던 것도 아니어서 방직공장에 모여 있던 사람들과 함께 나선 피란길이었지만, 나는 마음이 편치 못했다.

전쟁이 개인과 개인의 삶에 개입되는 순간부터 그 삶이란 게 전쟁의 파편을 피할 길은 전혀 없는 노릇이다.

회룡사를 거쳐 삼각산 3분의 1 지점에 못 미쳤을 때 기어이 사달이 나고야 말았다.

"으아악, 사람 살려~!"

내 곁에 있던 아녀자들이 일제히 비명을 질렀던 것이다.

그 소리에 나는 '이번엔 또 뭐지?' 하며 가슴이 철렁 내려앉았다.

뒤늦게 나를 발견한 아녀자들이 기겁을 하며 도망을 쳤던 것이다. 그 모습에 나는 순간적인 모독감과 불쾌감을 한꺼번에 감당해내야 했다.

내가 군복을 입었으니 얼마든지 인민군으로 착각할 수 있는 일이었다. 그러니 그녀들이 그렇게 기겁을 하는 것은 어쩌면 당연했다. 내가 견딜 수 없었던 것은 그녀들의 반응이 아니었다.

내 스스로에 대한 자책감 때문이었다.

그녀들이 지른 비명에는 '군인이 전투지역에 있지 않고 어째서 피란길에 있는가?' 하는 엄한 질책이 숨어 있는 듯했다.

그러나 그녀들은 더는 아무런 반응을 하지 않았다.

그게 끝이었다.

꼬치꼬치 캐묻지도 않았고, 대놓고 경계하지도 않았고, 의혹을 품지도 않았으며, 뒷말도 하지 않았다.

나를 포함해서 모두가 조국이 사라진 시대를 살아냈던 사람들이었다. 그런 그들에게 있어 전쟁의 절박한 상황은 타인에 대한 무심함의 변화를 만들어내기에 충분했다.

그래서였는지 나의 자책감도 점점 흐릿해지기 시작했다.

그런 피란민들의 감정이 다시 날 선 것은 삼각산 줄기 끝에 있는 서대문 감옥 앞에 이르러서였다.

낮에는 폭격을 피하기 위해 밤에만 이동을 했던 터라 6월 27일 오전이 되어서야 서울로의 진입이 가능했던 것이다.

서대문 감옥 앞에는 각지에서 밀려든 피란민들로 인산인해였다. 그들 앞에 제일 먼저 모습을 드러낸 이들은 대한청년단들이었다.

"여러분, 지금 인민군들이 후퇴를 하고 있습니다. 우리 군이 인민군을 몰아내고 있으니 여러분들은 모두 제자리로 돌아가십시오!"

거짓말이었다.

인민군들이 탱크와 기마병을 앞세워 의정부를 유린하는 것을 뒤로 하고 달려온 길이었다. 말하자면 그곳에서 쫓겨 온 피란민들이었던 것이다. 그런데 우리 군이 맨손이나 마찬가지인 무방

비 상태에서 탱크와 기마병을 몰아냈다?

어처구니가 없고 기가 막힐 노릇이었다.

전쟁이란 그렇게 인간의 작은 진실마저도 거짓 속에 내던지게 만들었다.

과연 무엇을 위한 거짓말이었을까?

피란길을 막는 이유가 진정 무엇이란 말인가!

전쟁 3일째, 분대장과 함께 한강을 도강하다

"짜식 머리 좋구나. 용케도 살아 나왔어!"

낯익은 목소리에 고개를 돌려보니 두어 발짝 떨어진 곳에 우리 중대 분대장인 김** 일등중사하사가 서 있었다.

어찌나 반갑던지 나는 하마터면 그의 품에 달려가 안길 뻔했다.

그 역시 헤어졌던 친동생을 다시 만난 듯 나를 진심으로 반가워했다.

그로 말하자면 일본에서 군대 생활을 했던 사람으로 군에 대한 다양한 경험과 지식이 해박했던 사람이었다.

"윤 일병, 나랑 함께 이동하자. 그러면 살 수 있다. 알았나?"

나로선 김 분대장의 제안이 싫지 않았다.

"어디로 갑니까?"

내가 물었다.

그러나 내 입장에선 묻기 이전에 길은 하나밖에 없다고 믿었다. 그와 함께 가는 거.

"내 얘기만 들어. 그럼 우린 살 수 있다. 우린 지금부터 마포로 이동한다. 가자!"

나는 그 길로 김 분대장과 함께 마포로 이동했다.

그런데 막상 마포에 도착하고 보니 입이 떡 벌어졌다.

마포를 건넌다는 것이 사실상 가능해보이지 않았기 때문이다.

그때까지만 해도 나는 마을의 샛강이나 개울 등에서는 헤엄을 치고 놀았지만, 마포처럼 넓고 수심 깊은 곳은 발조차 담가본 적이 없었다.

건너 갈 자신이 없었다.

"저는 건널 수 없을 것 같습니다."

내 말이 떨어지기 무섭게 그의 격앙된 목소리가 다그치듯 들려왔다.

"너 인마, 내 말 안 들으면 죽어. 내가 시키는 대로만 하면 너도 살고 나도 살아. 알았나!"

분대장은 내 대답은 듣지도 않고 그 길로 바로 마포 한구석에 쌓여있던 통나무 하나를 가져와서는 물속으로 던졌다. 그리고는 물 속 통나무 앞으로 나를 밀쳐 넣고는 자신도 물속으로 뛰어들었다.

"나무 꼭 붙잡고 힘껏 물장구친다. 실시~!"

물속으로 뛰어든 이상 물장구를 쳐야만 살 수 있는 상황이었다. 죽을힘을 다해 물장구를 치기 시작했다. 그도 힘껏 물장구를 치며 앞으로 나아갔다.

그러나 사흘을 굶은 나로선 얼마 가지 못해 힘이 빠져 물장구는커녕 간신히 통나무에 매달린 상태였다. 그러자 김 분대장은 나를 향해 무섭게 몰아붙였다.

"그러단 죽는다, 죽어. 죽는 게 소원이면 그 손 놔라."

그 말에 나는 다시 힘을 내 물장구를 치기 시작했다.

전쟁은 굶주림마저 내던지게 만들었다.

얼마나 흘렀을까.

정신을 차려 보니 여의도에 닿아있었다.

무사히 도착했다는 안도감에 깊은 숨을 몰아쉬면서 주변을 살펴보니 그것이 끝이 아닌 듯했다.

또 하나의 강을 건너야만 했던 것이다.

대방동의 한강이 기다리고 있었다.

그것은 분대장도 예상하지 못한 일인 듯 난감해하는 표정이었다.

잠시 깊은 생각을 하던 그가 다시 말문을 열었다.

"내가 하는 말 잘 들어. 지금부터는 훨씬 더 정신을 바짝 차려야 한다. 여기에선 통나무가 아무런 소용이 없어. 당장 겉옷 모두 벗는다. 속옷만 입도록."

"⋯⋯."

나는 그의 말에 잠시 수심 가득한 표정을 지었다.

그러자 그가 웃음기 머금은 얼굴로 말을 이었다.

"겉옷을 찢어 엮어서 줄을 만들 거야."

"아~!"

"믿어 인마, 사는 게 뭐 별거냐? 그때그때 주어진 숱한 문제를 풀어가는 게 사는 거지. 안 그래?"

위기에 닥친 분대장의 선택과 결정은 트집이나 흠 잡을 데가 없었다. 겉옷을 찢어 튼튼한 줄을 만든 분대장은 그 줄 한 쪽을 내게 내밀었다.

"잘 잡아. 이 줄 놓치면 너도 죽고 나도 죽어. 세게 잡지 말고 놓치지 않을 정도로 잡은 다음 물장구만 잘 치면 된다. 내가 앞에서 헤엄쳐 갈 테니 힘 빼고 줄 잘 잡고 물장구치며 따라와. 할 수 있지?"

"네, 잘 알겠습니다."

나는 일부러 더 큰 목소리로 대답했다.

스스로에게 거는 주문이기도 했다.

살아야겠다는 간절함이 있어서인지 용기도 생겨났다.

분대장의 말대로 힘 빼고 줄 잘 잡고 열심히 물장구치며 앞으로, 앞으로 헤엄쳐 나아갔다.

마치 산사나이라도 된 것처럼.

산사나이들 사이에는 그다지 긴 말이 필요 없다고 한다.

상대가 시야에 보이지 않더라도 함께 묶은 자일S에의 미세한 움직임 하나만으로도 그가 지금 무슨 생각을 하고 어떤 동작을 하고 있는지를 제 마음 들여다보듯 훤히 꿰뚫을 수 있기 때문에.

당시의 나도 그러했다.

분대장이 어떤 심정으로 앞장 서 헤엄치고 있는지 내 마음 들여다보듯 훤히 꿰뚫을 수 있었던 것이다.

그리고 우리 둘은 한강을 무사히 건널 수 있었다.

"만세, 만세!"

둘은 부둥켜안고 환호성을 질렀다.

한강을 헤엄쳐 건널 거라곤 꿈에도 생각지 못한 일이었다.

물속에서 뭔가물귀신가 잡아당길 것만 같아 엄두도 내지 못한 도강이었다. 분대장이 아니었다면 꿈도 꾸지 못할 그 일을 해냈다는 기쁨은 곧 살아있다는 기쁨과도 맞먹었다.

혼자라면 어떻게 그런 일을 해낼 수 있었겠는가.

그러나 살아있다는, 해냈다는 기쁨도 잠시 우리 둘은 서로의 모습에 더는 웃지도 울지도 못했다.

둘은 달랑 팬티만 입고 있었던 것이다.

시간이 좀 더 어둠 쪽으로 기울고 있어 그나마 다행이었다.

서울을 잃다

사람의 마음이란 것이 머리 가는 대로 가는 것이던가.

한강을 건너고 살아 있다는 것에 좋아서 어쩔 줄 몰라 하던 것도 잠시, 옷을 찢어 줄을 엮는 바람에 팬티만 입고 있다는 사실에 쑥스러워졌다.

"제대로 된 옷을 얻어 입으려면 제17연대가 있는 부평까지 가야 한다. 먼저 그곳에 들렀다 가자."

분대장의 말에 나는 대방동 근처를 돌아다니며 몸에 걸칠 것을 얻은 다음 자전거를 빼앗아 타고 부평 제17연대로 향했다.

두 시간 넘게 페달을 밟아 제17연대에 도착했다.

도착하고 보니 전투 준비가 한창이었다.

분대장과 나의 군번줄을 확인한 선임하사는 두말없이 새 군복한 벌과 총 한 자루씩을 각각 내주었다.

새 군복으로 갈아입고 총을 메고 대방동으로 다시 돌아온 것은 이튿날인 6월 28일 이른 새벽녘이었다.

이른 새벽이었지만, 곳곳의 상점과 은행 앞에는 시민들이 줄을 서서 북새통을 이루었다.

그들 중 누군가는 대통령이 서울을 이미 떠났다는 말을 하는 사람도 있었다. 그런가 하면 우리 군은 어쩌면 서울을 지켜낼 힘이 없을지도 모른다는 말을 하는 사람도 있었다.

사람들 곁을 지나오며 그런 얘기를 듣는 대한민국 군인인 나로서는 참담함을 금할 길이 없었다.

더욱 충격적이었던 것은 북한군의 탱크가 서울 시내에 진입한 사실이었다.

마포를 건널 때 내가 사용했던 통나무는 이미 북한군들이 가져다 놓은 것들이었다. 통나무들을 물위에 잔뜩 띄워놓은 다음 그 위로 탱크를 건너게 했던 것이다. 탱크 뒤를 이어 북한군들이 서울 한복판으로 진출을 했는데 그 숫자가 얼마나 많은지 새까맣게 보였다.

개전 3일 만에 수도 서울이 적군에 의해 점령을 당한 것이다.

나는 눈으로 그 사실을 확인하면서도 믿기지가 않았다.

하지만 믿고 싶어서 믿는 일만 있는 건 아니었다.

믿을 수밖에 없어서 믿는 것이다.

1950년 6월, 서울에 진입한 북한군 탱크

여기서 잠깐 서울에 진입한 북한군에 대해 언급을 해보면, 그들은 순수 북한군이기보다는 중국에서 활동하던 한인병사들이었다.

어쨌든 개전 3일 만에 북한군의 탱크가 서울 한복판으로 진입한 사실은 충격적이지 않을 수 없었다.

보면서도 믿을 수가 없었다.

아마도 세계의 전쟁사에서도 보기 드문 일이 아닐까 여겨진다.

그럴 수밖에 없었던 것이 당시의 우리 군의 사정이 형편없었기 때문이다. 드래곤에 대적하는 티컵강아지 수준이라고 해도 과언이 아닐 정도로 우리 군은 빈약했다.

화기의 15퍼센트, 차량의 35퍼센트는 노후했고, 연료 역시 1~2일 분 정도였다. 탄약은 5~6일 분에 불과했던 것이다.

게다가 병력은 어떠했던가.

장병들 대부분이 휴가와 외출 등으로 전쟁을 치를 엄두도 내지 못했다. 이때의 상황을 두고 미국의 군사관계 전문가들의 평을 보면, 당시 우리 군은 경찰 병력 정도로서 국내 치안 질서 유지의 수준밖에 되지 않는다고 했다.

훈련 역시 그 수준 차이가 엄청났다.

북한군은 소련 군사고문단의 지휘 하에 사단급 기동훈련과 보·전·포의 협력훈련까지 실시했으며, 병력의 3분의 1 이상이 실전경험을 쌓았다. 북한군에는 중국의 모택동 휘하의 한인계 5만 명이 북한군에 편입되어 있었다. 이들은 항일전에서 실전 경험을 쌓은 정예 병력이었다.

반면 우리 군은 대부분 부대가 중대 훈련 수준이었고, 일부 몇 개 연대만이 대대 훈련을 실시했을 뿐이다.

무엇보다 주목해야 할 것은 탱크에 있다.

전쟁 3일 만에 수도 서울을 잃게 된 전술상의 주요 원인은 탱크였다.

우리 군에는 단 한 대의 탱크도 없었지만, 북한군은 242대나 보유했다. 모두 소련제 T-34로 기동성과 화력이 매우 뛰어났다.

이 탱크는 일찍이 제2차 세계대전 중 독일이 침공했던 소련의 스탈린그라드 격전에서 독일을 물리친 주력으로 '모스크바의 수호신'으로 명성을 떨쳤다.

소련은 그런 탱크와 함께 그들 소련군에 소속되어 스탈린그라드 전투에 투입되었던 한국인계의 병력 2,500명을 북한군 기갑부대에 편입시켰던 것이다.

하지만 이를 격퇴할 무기는 우리 국군에는 없었다.

물론 경험도 없었다.

《6 · 25 전쟁사 1》에 기록된 '북한의 남침전쟁 준비 상황'을 짚어보면 다음과 같다.

중국은 1949년부터 다음해 6 · 25 전쟁 발발 전까지 2년에 걸쳐

3개 사단과 2개 연대 병력인 최소 5만 명 이상의 한인 사병과 개인용 화기 등의 각종 경장비를 북한으로 들여보냈다.

중국의 전폭적인 협조를 받아 입북한 그들은 주로 인민군 제5·제6·제12사단 등에 편입됐다.

북한군에 이첩된 한인병력은 개전 초기 북한인민군 10개 사단 총 18만여 명의 병력 중 약 3분의 1에 해당하는 숫자였다.

이 점을 감안하면 전쟁 전 중국 공산당이 인계해준 한인병력은 남북한의 군사력 균형을 결정적으로 무너뜨린 요소 가운데 하나였을 뿐만 아니라 김일성의 남침을 결정지은 중요한 조건이었다.

이러한 사실은 북한이 군사장비와 병력 확보를 소련에만 의지한 것이 아니었다는 사실도 알 수가 있다.

전쟁 4일째, 한강다리를 폭파하다

아픔은 독배인 듯했다.

아픔이 밀려올 땐 하나씩이 아니라 뭉텅이져 오기 때문이다.

북한군의 남침 3일 만에 서울이 점령당한 것도 모자라 4일째인 이른 아침에도 또 다른 아픔이 내 눈 앞에 펼쳐졌던 것이다.

나와 분대장이 부평 제17연대에서 새 군복과 개인화기를 받아들고 다시 대방동 한강 근처에 도착했을 땐 너머에 있는 한강다리가 벌크 4개에 의한 굉음과 함께 폭파되고 있었다.

서울 시내로 진입한 북한군의 탱크가 한강다리를 건너지 못하게 하기 위한 불가피한 군 당국의 선택이라고 했다.

하지만 북한군 탱크만 건너오지 못한 게 아니었다.

수많은 차량과 탑승했던 시민들 그리고 피란길에 올랐던 사람들이 함께 희생되었다.

참담했다.

당장이 문제가 아니라, 미처 피란을 떠나지 못하고 서울에 남아 있는 시민들은 어쩌란 말인가!

적의 치하에서 받을 고통은 어떻게 해야 하는가.

불과 3일이었지만, 나는 그 3일 동안 공산당의 잔혹함을 누구보다 생생하게 목격했다.

방어능력도 없는 무고한 시민들을 무참하게 짓밟고 3일 만에 서울에 입성한 그들이었다.

나는 믿기지 않는 현실 앞에서 망연자실하여 숨조차 제대로 쉴 수 없었다.

주르르 쉴 새 없이 눈물이 흘러내렸다.

그렇다고 언제까지나 그곳에 있을 수도 없는 노릇이었다.

주먹으로 쓰윽 눈물을 훔쳐내고 아픔을 뒤로 한 채 살아 있는 사람의 몫으로 살아남아야 했다.

남으로, 남으로 발길을 돌렸다.

그러나 몇 발자국 떼지 못해 그 자리에 멈춰 섰다.

점점 아침이 밝아오면서 서울 시내가 눈에 들어찼는데 그 모습 역시 형언할 수가 없었기 때문이다.

3일 사이에 일어났다고는 믿을 수 없을 만큼 철저한 파괴였다. 수백만 명이 넘는 국민들이 살던 서울이라고는 짐작도 안 될 만큼.

예고 없는 한강교 폭파로 수많은 차량과 피란민이 희생을 면치 못했다.

순간 빨리 그곳을 벗어나고 싶다는 생각이 들었다.

더는 그곳에 발을 디디고 서 있을 자신이 없었다.

빠르게 움직이면서 스스로에게 묻고 또 물었다.

'어떻게 살 것인가!'

이토록 심오한 질문을 스스로에게 던졌던 이유는 정답을 간구하고자 함이 아니었다. 어차피 찾을 수 없는 답이었다.

어처구니없는 전쟁 중에 어떻게 살 것인가는 혹은 무엇을 할 것인가는 누구도 찾을 수 없는 답일 테니.

더구나 그 질문이란 것이, 그 답이란 것이 얼마나 공허한 것인가.

뭘 바란 질문이 아닌 그 시간을 빠르게 건너뛰기 위한 나의 몸부림일 뿐이었다.

그리고,

전쟁이 발발한 날부터 한강다리 폭파의 현장을 목격한 후 빠르게 내 마음을 강타한 말은 야학 선생님이 들려주었던 문구 하나였다.

"모든 생명은 폭력을 두려워하며 죽음을 두려워하니 이 이치를 자기 몸에 견주어 남을 죽이거나 그것을 결코 묵인하지 말라."

법구경法句經의 한 구절이었다.

하필이면 왜 그 문구였을까?

소위 '빨갱이'라고 불리는 야학 선생과 남침을 해온 북한군이 같은 편일진대 그가 할 소린 아니지 않았던가. 더구나 증오로 가득 찬 전쟁터에서 떠올릴 말은 더더욱 아니었다.

생각에 종작이 없었다.

남침을 해온 북한군에 대한 증오가 커지면서 북한군에 대해 뭐라도 해보지 못한, 아니 뭐라도 할 수 없는 내 처지가 한없이 초라했기 때문이다.

그러면서도 야학 선생을 가장해 어린 내게 다가왔던 그와, 전쟁의 참화로 민낯을 드러낸 공산당의 실체에 몸서리가 쳐졌다.

전쟁을 일으키고 3일 만에 수도 서울을 함락하기 위해 북한 인민군이 저질렀을 만행, 그리고 그에 따른 우리 군과 시민들의 희생이 얼마나 컸겠는가.

지금 다시 생각해도 간담이 얼어붙는 끔찍한 기억이 아닐 수 없다.

더더욱 끔찍한 일은 공산군이 점령했던 서울을 비롯한 대한민국 곳곳을 좌익분자와 그들의 사주를 받은, 팔에 붉은 완장을 두른 패거리들이 만행을 저지른 점이다.

유명 인사나 유지들을 친일파, 악질지주, 매판자본가, 반동관료배 등으로 규정하고 무자비하게 학살을 자행했다.

적당히 군중을 동원해 인민재판이란 것을 열었다.

소위 반동분자라는 처형 대상자를 동원된 군중 앞에 세운 뒤 주동자가 그들의 죄상을 열거하면 군중 속에 있던 좌익 선동분자들이 박수와 함께 "옳소!"를 외치면 그것으로 처형이 집행되었던 것이다.

자유 민주주의의 소중함을 다시 한 번 깨닫지 않을 수 없는 대목이었다. 그러니 우리 모두는 '나'란 존재는 '나라'가 없는 곳엔 존재할 수 없으며, 자유 민주주의도 없다는 사실을 한시도 잊어선 안 될 것이다.

슬프지만 내가 그날의 기록을 남기는 이유이기도 하다.

꽃잎은 바람에 지지 않는다

장

군대 개편

부상을 당하다

몸이 굶주림에 적응해가는 모양이었다.

전쟁이 발발한 이후 식사를 한 기억이 까마득했다.

아니 어쩌면 며칠 동안 겪었던, 차마 기억조차 하기 싫은 전쟁의 참화로 먹는 것을 잊었는지도 모른다.

그럴 가능성은 얼마든지 있었다.

피란길에 오른 수많은 사람들의 행렬이 길어지면서 더더욱 그럴 수밖에 없었다. 이고 지고 메고 가는 할머니 할아버지에서부터 소와 달구지 위에 올라타 가는 사람들, 펑크가 난 자전거를 둘러메고 가는 사람들, 행여나 놓칠세라 어린아이 손을 꼭 잡고 남쪽을 향해 가는 아낙들의 모습은 하나 같이 겁에 질려 있는 듯했다.

그런 사람들의 모습을 보며 허기진 배를 채운다는 것은 사치인 것만 같았다. 의식적으로 밀어낸 행위였던 것이다.

안양고개에 이르렀을 때였다.

어느 방향인지는 모르겠으나 총격이 가해졌다.

집중사격이었다.

그때 나는 다른 지역에서 합류한 군인 4명을 포함해 총 6명이 무리를 지어 이동 중이었다. 멀리서 보면 군복을 입고 있는 우리들이 아군 입장에선 적군으로 보일 것이고, 적군에겐 국군으로 인식이 되어 어느 편이든 공공의 적일 확률이 높았다.

우리 모두는 안양고개 옆 숲속으로 잽싸게 몸을 피했다.

여전히 집중사격은 이어졌다.

분위기 상 적군은 아닌 듯했다.

나는 일단 군복 상의를 벗었다.

그런 다음 그 위에 태극기를 달아 사격을 가해오는 방향을 향해 흔들었다. 그래서였을까. 집중사격이 멈췄다.

나는 상의를 다시 입고 일행과 함께 그곳을 벗어났다.

또 한 번 죽을 고비를 넘기고 나자 이상하리만치 허기가 졌다.

생각해보니 그 허기짐은 본능적인 것보단 다른 요인에서 작용한 듯했다.

배신감.

같은 민족인 북한군이 남침한 것도 크나큰 배신감일 수 있지만, 정신 차리지 못하면 아군이 아군을 죽일 수도 있는 현실에 대한 배신감.

물론 집중사격을 해온 측이 적군이었다면 사격은 멈추지 않았을 것이다. 다행이 아군이었기에 태극기를 보고 사격을 멈췄던 것이지만, 전쟁이란 유사시에는 언제든 죽을 수 있다는, 삶 속에 죽음을 내포하고 있는 현실에 대한 그런 배신감이었다.

그러니 살아도 살아 있는 게 아닌 것이 전쟁을 치르는 사람들의 패러독스역설였던 것이다.

아무튼 몹시 허기가 졌다.

물론 무엇을 먹는다한들 채워지지 않을 영혼의 허기짐이겠지만, 일행 중 하나가 건넨 초콜릿으로 요기를 한 후 다시 피란길에 올랐다.

몇 걸음 떼지 않아 마침 그 앞을 지나가는 민간인 트럭이 있어 일행 모두가 얻어 타는 행운을 잡았다.

하지만 그것도 잠시 뿐이었다.

수원 근처에 이르렀을 무렵 또다시 공격을 받는 바람에 트럭이 전복되고 말았다. 트럭이 전복됨과 동시에 사격은 멈췄지만 일행 한 명과 내가 팔과 옆구리에 심한 부상을 입고 말았다.

가랑비였던 빗줄기마저 한층 굵어지면서 우리는 선택의 기로에 섰다. 부상을 입어 제대로 걷지도 못하는 나와 함께 빗속을 뚫고 도보로 이동하는 것이 불가능했기 때문이다.

1950년 6월, 북한군을 피해 남으로 피란을 떠나는 시민들

그런 나를 보며 분대장은 기차를 타고 이동하자는 제안을 내놓았다.

결정이 쉽지는 않았다.

기차역이 있는 서정리까지 그다지 멀지는 않았지만, 2명의 부상자를 부축하고 걷는다는 것이 여간 어려운 일이 아니었기 때문이다.

나는 미안함에 몸 둘 바를 몰랐다.

전쟁 중에는 부상을 입지 않는 것도 동료들을 돕는 일이란 생각이 들었던 것이다. 더구나 기차역에 가는 것이 중요한 게 아니라 기차역 도착 이후의 어려움이 불 보듯 그려지는 터라 난감하기 이를 데 없었다.

아닌 게 아니라 어렵게 기차역에 도착했을 때는 기차역은 역을 메운 피란 인파로 발 디딜 틈조차 없었다.

예상했던 일이었다.

애초부터 기차로 이동할 생각을 하지 않았던 것도 같은 이유에서였다.

한숨이 절로 흘러나왔다.

누군들 다급하지 않은 사람이 있겠는가.

모두가 살고자 찾은 기차역이었다.

살기 위해 찾아온 기차역이 누군가에게는 삶과 죽음의 갈림길이 되는 곳일 수도 있겠다 싶은 생각에 나는 깊고 슬픈 한숨을 몰아쉬었다.

이를 알아챘음인지 분대장을 포함한 일행 모두는 극도로 말을
아꼈다.

그리고,

1시간 후.

일행 모두는 부산행 열차에 몸을 실었다.

나는 마음속으로 간절히 빌었다.

'내가 차지한 기차 좌석 하나가 부디 누군가의 삶을 멈추게 하
는 일이 아니길!'

또 한 번의 거짓말

7월 초순, 나는 부산에 도착한 후 일행의 도움을 받아 부산 육군병원을 찾았다.

병동에는 부상당한 병사들로 가득했다.

정신이 아득해졌다.

부산으로 내려오는 내내 들었던 좋지 않은 소식들을 눈앞의 부상자들을 통해 다시 확인하는 것 같았기 때문이다.

서울 미아리 방어선의 붕괴로 서울이 완전 북한군의 지배에 놓이게 된 이후 계속해서 우리 군이 밀리고 밀려 남쪽으로 내려오고 있다는 것이 다만 무성한 소문만은 아니었다.

7월 1일 선발부대로 부산에 상륙한 미 제24사단의 스미스부대가 7월 5일 죽미령오산에서 북한군과 첫 교전을 벌였는데 미군의 패배로 끝났던 것이다.

이에 유엔은 7월 7일, '유엔군사령부의 설치와 회원국들의 무력 원조'를 미국 정부의 지휘 하에 둔다는 결정을 내렸다. 이것은 미국을 비롯한 영국·프랑스·캐나다·콜롬비아·호주·벨기에·룩셈부르크·네덜란드·에티오피아·뉴질랜드·남아프리카연방·터키·필리핀·태국 등 16개국 군대로 유엔군을 편성하는 계기가 되었다.

7월 중순, 나는 보름 동안의 입원치료를 마치고 퇴원을 앞두고 있었는데 그 즈음 모병관이 병실을 찾아왔다.

"일본에 가서 6개월 교육받은 후 다시 전선에 투입할 것인데 지원할 사람은 지원하도록 한다."

솔깃했다.

일본에 가서 6개월씩이나 교육을 받고 다시 전투에 투입된다니. 나로선 마음의 짐도 덜고 말 그대로 제대로 된 교육도 받을 수 있는 기회라 여기고 두말 않고 자원했다.

같은 병실의 장병들은 물론 다른 병실의 장병들 역시 나와 같은 심정으로 자원했을 터였다.

나는 퇴원과 동시에 자원한 다른 장병들과 함께 인솔 장교가 대기해둔 군용차량에 몸을 실었다.

수송선을 타기 위해 부산항으로 이동 중이란 사실을 믿어 의심치 않았다. 나는 물론이고 함께 군용차량에 몸을 실은 20명의 장병들은 모두 그렇게 믿고 있었다.

그러나 군용차량이 밤새 어둠을 뚫고 달려가 멈춰 선 곳은 마산馬山의 어느 해변가였다. 그곳엔 이미 나와 같은 목적을 갖고 도착해 있던 장병들이 수두룩했다.

'속았다. 말 도 안 돼'

나는 마산에 도착과 함께 마음속으로 이렇게 외쳤다.

거기에 모인 사람 중에 그 사실을 모르는 사람은 없었을 것이다. 그러면서도 누구 하나 그 말을 소리로 만들어낸 이는 없었다.

모병관의 말이 거짓이란 것에 불만을 토로하거나 딴죽을 걸지도 않았다. 불만을 토로하고 딴죽을 건다한들 달라지지 않을 것을 너무나 잘 알기 때문이었다.

국가가 바람 앞에 놓인 촛불과도 같은 전쟁 중이었으니.

그러니 전쟁은 '말 안 되는 것'들이 '말이 되는' 특수 상황일 수밖에 없었다.

이어진 인솔 장교의 말은 쐐기를 박았다.

"오늘 여기 모인 패잔병들은 모두 진주晉州로 이동하여 군대를 새롭게 편성하도록 한다. 알겠나?"

일등병이 분대장이 된 이유

우리는 진주의 봉래초등학교로 이동했다.

그곳을 본거지로 하고 패잔병들을 모아 새롭게 편성된, 내가 속한 부대의 이름은 암호명이 '2843'이었다.

일정한 전선 없이 낙동강방어선의 포항, 안강, 기계, 영천 등의 산과 골짜기를 돌아다니며 북한군의 배후나 측면을 기습하며 군사시설을 파괴하는 유격전은 물론 때때로 적의 진지를 급습하는 전면전을 치르기도 했다.

내가 맡은 보직은 분대장.

계급장도 없던 내가 선임하사가 맡는 분대장을 한 것은 순전히 나의 순발력 때문이었다.

아니, 정확히 말하면 나의 거짓말에서 비롯되었다.

진주로 이동하고 보니 그곳에 모인 패잔병들의 숫자는 상상 이상으로 엄청나게 많았다.

그 숫자에 놀란 나는 분대 편성을 하면서 직전의 계급을 보고할 때 일등병이 아닌 2계급 위의 선임하사로 보고했다. 중간에 군복을 새롭게 얻어 입으면서 미처 계급장을 달지 못했음을 전달하면서 즉시 계급장을 내 손으로 그려 넣었다.

전쟁 중이라 모든 것이 엉망이었고, 누가 어디에서 복무했는지에 대한 것도 명확하지 않던 때였다.

더욱이 나와 함께 부산으로 내려왔던 분대장도 어디로 갔는지 알 수 없던 마당에 굳이 일등병의 계급을 밝힐 필요는 더욱 없었다.

무엇보다 내가 2계급을 높여 상부에 보고한 것은 군인의 신분으로 국가에 대한 빚진 마음, 동두천을 지키지 못하고 의정부를 위태롭게 만들면서 서울을 내준 것에 대한 자책감이 컸기 때문이었다.

시키는 일만 하는 것이 아닌 분대장으로서 솔선수범하여 모범을 보이고 싶어서였다.

평소 외우는 것을 잘하고 머리가 좋다는 말을 많이 듣던 나였기에 그동안 군대에서 배우고 익혔던 것들을 십분 발휘하고 싶은 마음도 컸다.

그리고,

놀랍게도 분대장이란 계급은 내게 솔선수범의 날개를 달아주었다.

분대장으로서 첫 번째 임무는 턱없이 부족한 군용차를 대신할 민간소유 차량을 자발적으로 동원해오는 일이었다. 전쟁시에는 무엇보다 기동성과 효율성을 극대화해 줄 차량이 절대적으로 필요했다.

차량 확보가 우선이었다.

나는 마을 곳곳을 찾아다니며 차량을 보유하고 있는 가구를 파악한 후 차주를 만나 군에 협조해 줄 것을 설득하였다.

처음엔 모두가 거절했다.

"나를 죽이고 가져 가!"

"국가가 이래도 되는 건가!"

너나 할 것 없이 자발적인 차량 동원에 비협조적이었다.

나는 하는 수 없이 인민군이 코앞에 이른 급박함을 전달하지 않을 수 없었다.

진주로 오기 직전, 전라도까지 이미 인민군의 수중에 들어갔고, 경남 하동河東에서 육해공군 합동참모장 채병덕蔡秉德 장군이 전사한 사실을 알렸다.

거기에다 내가 진주로 이동할 때 유엔군 야포부대와 기갑부대가 진주로 함께 들어오는 걸로 봐서 인민군이 밀고 들어오는 것은 시간 문제였던 것이다.

"정 그렇다면 나는 가기 싫으니까 차만 가져가든지!"

차주는 이번엔 차만 가져가라고 했다.

운전할 수 있는 사람이 함께 가지 않으면 차량을 누가 운행하겠는가.

듣고 있던 나는 진심을 더해 다시 설득에 나섰다.

"인민군이 들어오면 갖고 있는 것 죄다 빼앗기고 죽습니다. 군인으로서 가슴 아픈 현실입니다. 실탄을 실어 나를 차가 있어야 전쟁을 치를 수 있지 않겠습니까. 여기에서 인민군 손에 죽는 거나, 군에 가서 운전하다 죽는 거나 죽는 건 매한가지 아닙니까. 어떤 죽음이 더 의미가 있겠습니까?"

강력하지만 절박함의 진심이 묻어 있는 내 말에 차주들 하나둘씩 마음의 동요를 일으키더니 군에 협조하기에 이르렀다.

그때 내가 그들을 보며 느낀 것은 '언제나 최선은 진심'이란 사실이었다. 진심이 통通해서 그들의 마음을 움직인 것이다.

그때 내 나이가 만으로 열아홉 살.

진심을 다해 세상과 통한 첫 성과였다.

그렇게 내가 설득을 하여 민간소유 차량을 20대 확보한 일은 고마운 일이기도 하지만, 한편으로는 슬픈 일일 수밖에 없었다.

우리 군의 형편없는 상황과 당시 우리 군의 급박함을 보여주는 단면이기도 했기 때문이다.

낙동강방어선의 구축, 포화 속으로

✳

8월 초, 우리 군은 국토의 90퍼센트를 북한군에게 빼앗긴 채 참전한 유엔군과 함께 부산을 지키기 위해 1950년 7월 29일부터 9월 중순까지 낙동강방어선을 구축했다.

전쟁 3일 만인 6월 28일 서울을, 7월 5일에는 오산 전투에서 미군마저 패전을 했고, 7월 24일 대전을, 7월 말 목포와 진주, 8월 초 김천과 포항마저 함락당하고 말았다.

따라서 낙동강방어선을 더 이상 물러설 수 없는 최후방어선으로 결정한 것이다.

낙동강방어선은 남해안의 마산으로부터 북쪽으로 낙동강을 따라 낙동리까지 약 160km에 이르고, 여기서부터 동해안까지 약 80km의 산악지대를 연결하는 선으로 이루어졌다.

지리적으로 방어선의 서측은 낙동강, 북측은 높은 산악 능선들로 이루어져 있어 비교적 방어에 유리한 조건이었다. 더구나 부산을 중심으로 방어지역의 주요 지점을 연결하는 횡적·종적 도로망이 잘 발달되어 있어 내선작전 수행에 유리했다.

미 제8군사령관 워커 장군은 낙동강방어선에서의 방어개념을 '기동과 역습'에 두었다.

북한군의 전력이 약한 지점에서 병력을 절약해 기동예비대를 편성하고, 돌파된 지역에 확보된 예비대를 신속히 투입하여 역습으로 상실된 전선을 회복한다는 것이다.

말하자면 낙동강방어선에서 북한군의 전진을 일단 막은 후 이를 발판으로 총반격을 전개한다는 것이었다.

그리고 유엔군사령부는 부대의 특성을 고려해 작전 책임지역을 분할했다. 강력한 화력과 기동력을 보유한 미군은 낙동강변 일원의 개활지를 담당했다.

반면 낙동강 상류의 산악지대는 노무자들의 지게로 보급을 받아가면서 적과 싸우는 우리 군에게 맡도록 했다.

그때부터 방어선의 북동쪽을 담당한 국군은 왜관으로부터 동쪽으로 제1사단, 제6사단, 제8사단, 수도사단, 제3사단이 배치되었고, 낙동강방어선의 남서쪽을 담당한 미군은 왜관으로부터 남쪽으로 1기병사단, 제24사단, 제25사단을 배치했다.

육군본부와 미 제8군사령부는 대구에 위치해 있었다.

한편 북한군은 7월 20일에 수안보까지 직접 내려온 김일성으로부터 "8월 15일까지는 반드시 부산을 점령하라"는 독촉을 받은 터라 다급한 상태였다.

이에 따라 7월 말에 낙동강 지역에 도달한 후 4개의 공격축선에서 동시 공격으로 낙동강방어선을 돌파하고 부산을 점령하고자 했다.

경부도로를 따라 대구를 공격, 동해안 도로를 따라 포항-경주 방향으로 공격, 창녕 서쪽의 낙동강 돌출부를 공격해 유엔군의 병참선 차단, 남해안을 따라 마산-부산 방향으로 공격할 계획이었던 것이다.

당시 북한군의 전투력을 살펴보면, 개전 초기에 비해 절반 정도로 감소된 상태였다. 병력과 장비의 보충이 여의치 못했고, 유엔군이 제공권을 장악하고 있어 모든 부대의 행동은 제한을 받았다. 그럼에도 북한군은 여전히 전쟁의 주도권을 쥐고 있던 상태였다.

8월 1일에는 진주-김천-점촌-안동-영덕을 연결하는 선까지 진출했다. 그런 다음 가용부대의 전반에 해당하는 병력을 대구 북방에 배치했다.

당시 내가 확보한 20대의 민간소유 차량은 바로 낙동강 상류

산악지대의 우리 군에게 보급해줄 보급품을 나르는 일에 쓰이게 되었다. 치열했던 안강·기계·포항·영천전투 등에 나와 함께 투입되었던 것이다.

그리고 낙동강전투는 8월과 9월 두 차례에 걸쳐 치열하게 이루어졌는데, 특히 8월 공세 때에는 북한군 13개 사단 중 정예사단 11개 사단을 투입해 그들의 모든 화력을 집중했다.

북한군은 11개 사단을 5개 방면으로 나누어 동시 다발로 공격을 했는데 어느 쪽이라도 먼저 뚫리면 파죽지세로 저지선을 무너뜨릴 계획이었다.

내가 속했던 부대도 그 포화 속으로 뛰어들어야만 했다.

5
장

전우의 시체를 넘고 넘어

나도일羅燾日 대대장과 탄로 난 거짓말

❀

전쟁은 인간의 의지와 이성의 통제를 무력화시킨다.

그럼에도 불구하고 그 극한 상황에서도 기적처럼 인간애의 편린片鱗들은 가슴을 먹먹하게 만들기도 한다.

진주로 이동 한 지 사나흘쯤 되던 날.

그곳에서 나는 뜻밖의 사람을 만났다.

동두천 1연대 3대대에서 함께 복무했던 나도일 중대장과 마주치게 되었다.

중대장이었던 그가 우리 부대의 대대장대위 계급으로 부임을 했던 것이다.

부대를 새롭게 편성한 이후 사나흘 동안 그와 맞닥뜨리지 않았던 것은 일반병사들은 초등학교에 주둔해 있었고, 장교들은 관공서 건물에 머물렀기 때문이다.

그를 만난 것은 7월 말의 이른 아침이었다.

장병들 모두가 학교 운동장에 집합되어 서 있는데 내 앞 저만치에 낯익은 얼굴이 있었다. 긴가민가하다가 한 발자국 앞으로 나아가 확인해보니 틀림없는 나도일 중대장이었다.

나는 어찌나 반갑던지 한달음에 달려가 그에게 경례를 했다.

"충성~!"

나의 인사에 그도 나를 알아봤음인지 반갑게 인사를 받았다.

하지만 일순 그의 표정이 일그러졌다.

그의 시선이 나의 얼굴에서 모자와 견장으로 옮겨가 있었던 것이다. 내가 달고 있던 계급장을 본 것이다.

비명 같고 탄식 같은 그의 목소리가 내 귀를 강타했다.

"윤용철 하사, 마치고 나한테 와라!"

그 소리에 가슴이 쿵 내려앉았다.

그의 말은 당장은 주위의 눈들로부터 나를 배려한 듯하지만, 그의 목소리에 담긴 진실을 알고 있는 나로선 두려움을 느낄 수밖에 없었다. 그의 냉정함과 내가 지은 거짓말의 선명함 때문에 더더욱 두려웠던 것이다.

곧 이해할 수 없는 불안감이 가슴으로 퍼졌다.

그때서야 비로소 깨달았다.

누군가를 속이는 일은 참으로 마음 불편한 일이란 사실을.

집합 일정을 마치고 대대장실로 그를 찾아갔다.

경례를 하려는데 그가 내 행동과 말을 막았다.

"너 인마, 대체 어떻게 된 거야?"

그의 말에 나는 잠시 머뭇거렸다.

그동안의 군대 생활을 통해 태도는 사소한 것이지만 그것이 만드는 차이는 엄청나다는 것을 수도 없이 경험한 나였다. 어떤 마음가짐을 갖고 있느냐가 어떤 일을 하느냐보다는 더 큰 가치를 만들 수 있는지는 누구보다 잘 알고 있었다.

그러니 대대장실을 찾기 전, 수도 없이 준비했던 변명의 말들은 꺼내놓지 않기로 했다.

'거짓말'.

이상도 이하도 아닌 명백한 현실 앞에서 다른 말이 무슨 소용이 있겠나 싶었다.

"대대장님, 살려고 그랬습니다. 그리고 국가에 뭔가를 하려고 그랬습니다."

내 말에 그가 한동안 어이없어하는 표정을 지었다.

한 숨, 두 숨, 세 숨 정도의 시간이 지났을까.

침묵을 지키던 그가 내 어깨를 두드리며 말했다.

"어 짜식, 그 마음 잊지 말아라. 변하지도 말고. 잘 했다."

말에 나는 안도의 숨을 쉴 수 있었다.

그렇다.

인간은 복합적 사고와 다양한 감정의 줄기를 가진 이성적 동

물이 맞다.

나의 다른 두 모습.

거짓말을 하고 보상하려는 듯 솔선수범의 삶을 사는 것이나, 나도일 대대장이 내 거짓된 현실에 분노하다 내 변명 아닌 변명에 일순 누그러진 것은 다 나와 그가 지닌 참모습이었던 것이다.

나도일 대대장은 이후 나의 계급과 관련된 말은 두 번 다시 꺼내지 않았다. 중대장으로 있을 때부터 나를 예사롭지 않게 여겼던 그였다. 물론 나뿐만이 아니라 다른 부하들에 대한 사랑이 남달랐고 소신이 뚜렷했던 분이었다.

그중 나를 좀 더 어여삐 여겼던 것은 부대에서 오다가다 만나면 경례를 받는 대신 내 머리를 쓰다듬어 주곤 했었다.

그는 내가 뭐든 성실하게 하고 하나를 가르쳐 주면 두 개, 세 개를 알아듣는 것을 기특하게 여겼었다.

그래서였을까.

1950년 8월 1일, 그는 민간소유 차량 20대를 확보해온 공로를 인정해 나를 직권으로 2계급 특진시켜 실질적인 선임하사에 앉혔다.

더불어 노무자 20명을 책임지도록 했다.

말하자면 내가 속한 분대는 노무자 20명과 함께 낙동강방어선 현장에 실탄과 식량을 실어 나르는 임무를 맡게 된 것이다.

안강·기계 쟁탈전과 사형선고문

　하루에 일어나는 수없이 많은 일은 어떤 누군가에게는 기회가
되고 또 어떤 누군가에게는 생을 맞바꾸는 악몽이 될 수도 있다.

　죽이지 않으면 죽게 되는 전쟁터라면 더더욱 그러하지 않을까.

　낙동강 전선에서 내가 맡은 업무가 그랬다.

　분대원들과 함께 노무자들을 인솔하여 총과 포탄이 날아드는
전선부대에 탄약, 연료, 군자재, 식량, 식수, 보급품 등을 운반하
는 일은 위험천만한 일이 아닐 수 없었다.

　날짜가 어떻게 가는 줄도 모르고 언제 죽을지도 모르는 운명이
나 마찬가지였으니 말이다.

　엄호를 책임져야 할 우리들이야 군인이니 그럴 수 있다고 해도
느닷없이 전쟁터에 합류한 비전투요원으로서의 노무자들은 사정
이 달랐다.

대부분 만 35세에서부터 만 45세까지 남자들로 나보다 연배가 높은 사람들이었다. 간혹 어린아이가 지원하기도 했는데 그들의 지원 동기는 끼니를 해결하기 위함이었다고 한다.

슬프고 마음이 찡했다.

어쩌면 복사한 듯 어릴 적 내 모습과 닮은 것인지.

굶주림은 그렇게 인간의 작은 존엄성마저도 위험 속에 내던지게 만들었던 것이다. 밥 한 끼에 총알이 빗발치는 전선부대를 지게나 멜빵 등에 탄약이나 보급품 등을 싣고 오갔으니 말이다.

총을 든 나나, 밥 한 끼 때문에 전선에 뛰어든 그들이나 언제 죽을지 모르는 운명은 매한가지였다.

그래서였을까.

자꾸만 그들에게 마음이 쏠렸다.

나는 그럴수록 그들에게 야멸치게 굴었다.

날마다 대표 한 명씩을 정해 이동경로를 수색했다가 실전에서 '죽지 않는' 방법을 터득하도록 했다. 즉, 살아남는 방법이 아닌 전쟁에서 죽지 않는 방법을 강구하도록 했다.

하지만 전선이 치열하면 치열할수록 전쟁의 참혹함에 우리 모두는 정신을 차릴 수 없었다. 민가를 포함한 건물들은 모두 불타버리고 여기저기 널브러져 있는 시체에서는 악취와 함께 구더기가 들끓었다. 발 디딜 곳이 없을 만큼 전선 전반에 시체들이 차고 넘쳐났다.

전우의 시체를 넘고 넘으며 전선을 누벼야 했던 것이다.

8월 중순, 안강·기계·포항 전투전선에 보급품을 나를 때였다.

8월 9일, 북한군은 이미 기계를 점령한 후 포항까지 공격을 시작했다. 이것은 북한군이 다른 부대와 공격대형을 유지하지 않은 채 진격한 일로 우리 군은 즉시 안강으로 군을 이동 배치하여 북한군을 북쪽에서 포위하고 남북 양쪽에서 공격했다.

이때 우리 부대는 기계의 455고지와 340고지에 무기를 전달하는 임무를 띠었다. 고지전으로 뺏고 빼앗기는 상황으로 어디에서 어떤 공격을 받을지 알 수 없는 일이었다.

치열한 전투가 연일 이어졌다.

노무자들은 잔뜩 겁을 먹었다.

총소리와 포탄 떨어지는 소리에 놀라 실탄을 지게에 싣지 않으려 했다. 이를 본 나는 즉시 엄호를 맡은 우리 분대원들과 함께 노무자들을 불러 모았다.

"지금은 전시입니다. 여기서 개인행동을 하면 모두 죽습니다. 서두릅시다!"

나는 잔뜩 겁먹은 그들을 달래 안강 방면으로 이동했다.

안강 안쪽으로 들어갈 즈음, 어디서 날아왔는지 별안간 포탄이 근처에서 계속 터졌다. 큰 웅덩이가 파이고 탄피 섞인 흙더미가 쏟아졌다. 총탄이 비 오듯이 날아와서 근처의 나뭇가지가 우두둑 잘려 나갔다.

"엎드려!"

나는 분대원들과 노무자들을 향해 소리쳤다.

모두가 본능적으로 순식간에 뿔뿔이 흩어져 몸을 피했다.

공격이 잦아들 즈음에 보니 다행스럽게도 큰 부상을 입은 병사는 없었다. 나와 다른 병사 하나가 파편에 얼굴을 조금 다쳤을 뿐.

그런데 어찌된 노릇인지 함께 갔던 10여 명의 노무자들은 한 사람도 보이지 않았다. 총성이 완전 멈추었을 때 부대원들과 함께 조심스레 근처를 찾아봤지만 찾을 수가 없었다.

그들끼리만 탄약을 지고 전투지 부대를 찾아갔을 리는 만무했다.

난감했다.

일단 우리는 진지로 돌아왔다.

노무자들은 본거지로도 돌아와 있지 않았다.

한참 뒤에야 그들이 돌아왔는데 그들의 지게는 텅 비어 있었다. 설마 하면서도 나는 그들에게 묻지 않을 수 없었다.

"모두 무사하셔서서 다행입니다. 지고 갔던 탄약은 어떻게 하셨습니까? 전달하고 오셨습니까?"

내 말에 그중 제일 연장자인 순희 아버지가 대꾸했다.

"공격을 받는 바람에 일부 잃어버렸소. 남아 있던 것도 근처에 버렸소. 그거 지고 있다가 몸뚱어리가 남아 있지 않을 판이어서."

그의 말이 떨어지기 무섭게 벼락같은 목소리가 날아들었다.

"야, 윤용철! 넌 당장 총살이다."

소대장과 함께 내 쪽으로 걸어들어 오던 나도일 대대장의 격앙된 목소리였다. 얼굴은 화가 돋아 올라 있었다.

그의 말이 이어졌다.

"인마, 생각해봐. 그 탄약이 적의 손에 들어가면 얼마나 많은 아군이 죽겠나. 넌 총살이야 인마!"

"……."

나는 정신이 아득해졌다.

가슴이 철렁했다.

전시 상태에서 지휘관의 말은 곧 법이었으니.

그런 내게 나도일 대대장은 '사형선고문'을 읽도록 명했다.

지휘관의 명이었고, 억울하지만 나는 담담히 사형선고문을 읽어내려 갔다.

"사형선고문……."

내가 사형선고문을 모두 읽고 나자 옆에 있던 김 소대장이 끼어들었다.

"대대장님, 선임하사 한 사람 죽인다고 실탄을 다시 찾을 수 있는 것도 아니잖습니까. 차라리 실탄을 버린 곳에 가서 실탄을 찾아오게 하는 것은 어떻겠습니까? 제가 엄호해 다녀오겠습니다."

나도일 대대장은 잠시 눈을 감고 생각에 잠기다가 곧 고개를 끄덕이며 말했다.

"좋아. 결과를 보고 결정하도록 하지."

그의 음성은 침착하고도 냉정했다.

냉기가 흐르는 얼굴도 조금 전까지와는 전혀 다른 모습이었다.

나는 대대장과 소대장을 향해 그러마고 대답을 하고는 인부들 쪽으로 몸을 돌리며 물었다.

"어느 분이 앞장서겠습니까?"

나는 그들을 달래면서도 힘을 주어 항대하듯 물었다.

하지만 어느 누구도 나서지 않았다.

'나의 억지였을까, 아둔함이었을까. 아니면 한계?'

나는 스스로에게 물었다.

그러고는 다시 연대장과 소대장 앞으로 몸을 돌렸다.

"제가 다녀오겠습니다 대대장님."

목숨을 담보하는 절박한 상황은 누구에게나 엇비슷한 변화를 만들어내기에 충분했다.

내가 앞장서서 다녀오겠다는 말에 약속이라도 한 듯 입을 다물고 있던 노무자들 모두가 자신들도 가겠다고 나선 것이다.

아마도 양심이란 그런 것이 아닐까 싶다.

이기적인 마음에서 나오는 망설임을 멀리 하고, 거침없는 행동으로 옮길 수 있는 용기.

그날의 나, 그들 그리고 우리는 그런 거침없는 양심에 따라 자칫 생길 수도 있었던 불행한 역사를 거둬들였던 것이다.

피 비린내 진동하던 다부동 전투

✳️

8월 11일, 우리 군은 왜관 북쪽 – 다부동 – 군위 – 보현산을 잇는 선으로 낙동강방어선을 축소했다.

이에 따라 국군 제1사단과 제6사단은 다부동 – 군위 선에서 대구를 방어하게 되었다.

8월 16일, 미 제8군사령부는 낙동강 대안의 북한군 주력부대를 제압하기 위해 낙동강변에 융단폭격을 퍼부었다. 그럼에도 불구하고 8월 18일 가산에 침투한 북한군이 박격포탄을 대구역에 떨어뜨려 혼란을 가중시켜 그곳에 머무르던 정부가 부산으로 이동했다.

그 후 미 제1기병사단 정면의 북한군은 강을 건너오는 동안 많은 손실을 입고 접촉을 단절함으로써 소강상태로 접어들었다.

국군 제6사단 지역에서도 유엔 전폭기의 지원을 받아 이를 격

1950년 8월, 파괴된 왜관교에서 북한군과 대치하고 있는 미군병사들

국군 포로가 된 앳된 북한군들

퇴함으로써 북한군의 대구 공격은 국군 제1사단 방어지역인 다부동 축선에 집중되었다.

제1사단은 유학산-다부동-가산선에서 북한군 3개 사단의 집요한 공격을 끝까지 저지하고 격퇴함으로써 다부동에서의 전투를 승리로 이끌었다.

사실 다부동 전투는 8월 13일부터 전투가 종결되는 8월 말까지 다부동 방어선에서만 공방전을 벌였다.

국군 제6사단과 제8사단이 지역을 옮겨가며 전진과 후퇴를 반복한 것과는 달리 이곳은 중요한 4개의 고지전을 반복해 치렀다. 말하자면 328고지, 수암산 고지, 유학산 고지, 천평동 계곡의 양쪽 고지에서만 국군과 북한군 간에 수없이 뺏고 빼앗기는 혈전을 치렀던 것이다.

다부동에서의 우리 군은 하루에 수 백 명이 넘는 병력을 잃었다. 이에 따라 신병과 학도병을 보충 받게 되는데 이들은 제대로 된 훈련은커녕 총 한 번 잡아본 적 없이 전투에 투입되기도 하여 피해가 더욱 클 수밖에 없었다.

그만큼 다급했다.

북한군도 마찬가지였다.

학생 출신의 의용군 피해가 엄청났다.

북한군은 강제동원 된 신병들에게 술을 먹여 총을 지급하고, 후퇴라도 하면 가차 없이 그들을 향해 총을 난사했다.

전쟁의 슬픈 단면이 아닐 수 없다.

낙동강 전투 막바지에 미 제1기병사단으로 자진 투항한 북한군 이학구 총좌(대령)의 증언은 더더욱 가슴을 아프게 했다.

"낙동강 전선에 투입된 의용군은 대부분 점령지역에서 강제 동원된 학생들이었다."

그런 슬픈 사연 속에 다부동의 골짜기 골짜기는 아군과 적군 병사들의 피로 물들었고 8월의 뜨거운 태양 아래 시체 썩는 악취가 가득했다.

그만큼 치열했고 상처뿐인 전투였다.

결과적으로 아군은 지켜냈고 북한군은 다부동 방어선 아래로는 진출하지 못했다. 이는 곧 북한군이 총력을 기울인 전투에서 별 성과 없이 전투력만 소진한 셈이었다.

다부동은 당시 김일성이 기대를 걸었던 전선이었다.

그곳을 뚫으면 대구의 미 제8군사령부는 부산으로 후퇴할 것이고, 대구를 점령하면 그동안 소진했던 전투 병력과 물자를 공급받을 수 있다고 판단했기 때문이다.

8월 20일, 북한군은 더는 다부동 전선을 돌파할 수 없다는 판단을 내리고 유학산 정면을 공격했던 제15사단을 영천 방면으로 전환하기에 이른다.

한편, 대구 서측 현풍에서 남지에 이르는 방어정면은 미 제24사단이 맡았다. 그 일대의 지형은 낙동강이 S자로 흐르고 있어 여러 곳에 돌출부를 만들고 있는데, 그중 창녕과 영산 부근은 좀 더 큰 반월형의 돌출부가 서쪽으로 형성되어 있어 '낙동강돌출부'라고 했다.

8월 5일 밤, 북한군 제4사단 주력은 낙동강돌출부의 영산 정면으로 기습적인 도하를 개시했다. 그들은 옷을 벗어 장비와 함께 머리에 이고 강을 건넜다.

일부는 뗏목을 만들어 옷가지와 장비를 운반하기도 했다.

영산을 점령한 북한군은 계속하여 밀양으로 진출하려 했다.

위기를 타개하기 위해 미 제8군사령부는 그곳에 기동예비대를 투입했다. 그러나 북한군의 저항이 완강해 혈전이 전개되었다.

아군과 적군 모두 헤아릴 수 없이 많은 희생자가 발생했다.

그럼에도 불구하고 북한군은 8월 15일 또다시 그 지역에 탱크 4대를 투입하여 공격을 이어갔다. 미군 역시 항공지원을 받는 한편 로켓포를 배치해 적의 탱크를 파괴하기에 이르렀다.

9월 공방전의 끝 영천 전투

8월 한 달 동안 낙동강 전선에서 어려운 공방전을 치른 우리 군과 유엔군사령부는 그동안의 전투 양상과 북한군의 후방지원 능력 등을 볼 때 더는 북한군이 버티지 못할 전력이라고 판단 했다.

국군과 유엔군이 반격 작전으로 전환할 태세를 갖추기 시작한 이유였다.

그러나 북한군의 양상은 달랐다.

북한군은 또다시 새로운 공세를 전개하기에 이른다.

북한군의 '9월 총공세'가 시작된 것이다.

아닌 게 아니라 북한군은 대구 정면을 방어하던 미 제1기병사 단을 집요하게 괴롭혔다. 마산 지역을 방어하던 미 제25사단도 고전을 면치 못했고, 창녕·영산 지구를 지키던 미 제2사단은 궤멸되다시피 했다.

9월 초에서 2주일 간 북한군의 공세는 극에 달했다.

그 시기에 발생한 손실은 6 · 25 한국전쟁 기간 중 최고를 기록할 정도로 처참했다.

내가 참가한 영천 전투도 마찬가지였다.

9월 공세와 함께 영천 북쪽에서 공격을 시작한 북한군은 마침내 영천을 점령하기에 이른다. 그 과정에서 우리 측 피해는 이루 말할 수 없을 정도로 컸다.

그곳에서 나 역시 죽을 고비를 수도 없이 넘겨야 했다.

나의 주된 임무는 노무자들을 엄호해 병기와 실탄을 전선에 전달해주는 일이었다.

그러다 보니 부지불식간에 적의 공격을 받기 일쑤였다.

포탄이 날아와 맞은편 산의 돌들이 와르르 무너지는 바람에 돌에 묻히기도 했다. 기습은 수도 없이 받았다.

전쟁터에서 손에 든 것이 총밖에 없을 땐, 그 총은 적을 죽이기 위한 수단이 아니다. 내가 죽지 않기 위한 수단이다. 또한 전우를 구하기 위한 수단이다.

그러니 기습을 받고 포탄의 공격을 받으면 손에 들린 총은 나와 전우를 지키고 나라를 지키는 도구로서의 역할을 해야 하는 것은 너무나 당연했다.

왜냐하면 전쟁에서 패배는 곧 죽음과도 직결되기 때문이다.

1950년 9월, 낙동강 전선에서 최후 공격을 하는 북한군들

이 말은 내가 이 책을 쓰는 이유 중의 하나이기도 하다.

낙동강 전선에서의 전투는 어느 곳 하나 치열하지 않은 전투가 없었다.

이는 곧 희생이 엄청났음을 의미한다.

따라서 오늘의 대한민국은 그런 전쟁, 그런 희생을 치르고 지켜낸 나라다. 오로지 바칠 수 있는 것은 몸뚱어리밖에 없었던 사람들의 피로, 목숨으로 지켜낸 것이다.

그런 국가임을 우리 모두는 한 시도 잊지 않길 당부하고 또 당부하는 바이다.

어떻게 지켜낸 나라인지를.

어쨌든 당시 영천을 점령한 북한군이 서쪽으로 향하면 대구의 후방이 차단될 위기였고, 남쪽으로 향할 경우에는 경주가 위급한 상황이었다. 대구에 있던 육군본부와 미 제8군사령부가 신속히 부산으로 이동한 것도 그와 같은 맥락이었다.

영천을 점령했던 북한군의 선택은 남쪽의 경주였다.

그나마 대구가 한숨 돌릴 상황이어서 다행이었으나, 북한군이 경주를 거쳐 부산으로 향하는 날엔 국군과 유엔군은 최후의 보루마저 잃게 될 처지였다.

더나 영천 근방의 신녕新寧으로 또 다른 북한군 제8사단이 밀고 내려와 총공세를 가했으니 말이다.

며칠 동안 아군과 서로 뺏고 빼앗기는 일진일퇴의 고지전이 이어졌다. 그리고 마침내 국군은 신녕을 방어함으로써 영천을 점령한 북한군 제15사단의 돌파구 확대를 저지하는 일을 수행했다.

신녕의 국군 제6사단은 곧 영천 서북쪽 야산지대로부터 영천 시내로 진입을 했고, 곧장 북한군 보급 차량 30여 대를 공격해 파괴하는가 하면, 매복 작전을 통해 북한군 제15사단의 일부 병력을 격멸했다.

국군 제1사단은 북한군과 치열한 교전 끝에 영천 동쪽의 유하동을 확보했고, 제6사단에서 증원된 2개 연대가 합세해 북한군의 측방을 위협하면서 협공으로 반격 작전을 펼쳤다.

북한군의 공격력은 급속히 약화되었다.

아군은 3일 동안의 교전 끝에 영천을 탈환하기에 이른다.

영천 전투로 북한군 제15사단은 치명적인 타격을 입고 전선에서 물러났다. 당시 북한군의 지휘부는 영천 전투에 크게 기대를 했던 모양이었다.

"우리가 영천을 점령했을 땐 승리할 수 있었고, 영천을 상실했을 땐 패배를 했다."

1950년 12월 4일 북한 별오리에서 열린 '제3차 노동당 중앙위원회'에서 김일성이 전쟁의 패인을 분석하면서 했던 말을 보면.

영천 전투는 낙동강 전선에서 국군과 북한군이 벌인 마지막 대전투였다. 처음에는 우리 군이 북한군에 영천을 함락당해 최악의 상황에 이르렀지만 곧이어 반격을 하여 영천을 탈환하고 승리를 거둠으로써 전세를 역전하는 발판을 마련했던 것이다.

9월 15일, 맥아더 장군의 인천상륙작전으로 낙동강방어선의 교착상태는 균열이 갔다.

국군과 유엔군은 작전의 주도권을 장악했다.

북한군의 병참선을 차단하고 지대 내의 북한군을 협공해 궤멸시키는 반전이었다.

그럼에도 불구하고 북한군은 9월 15일 인천상륙작전이 감행된 이후에도 일부 퇴각하지 않고 조직적인 저항을 했다.

이에 따라 나와 우리 부대는 포항, 안강, 기계, 경주, 영천 등과 지리산으로 숨은 잔류병들을 토벌하는 작전 수행을 이어갔다.

전쟁 속에서도 지켜야 할 상식들

전쟁이 무슨 짓을 저질렀는지에 아랑곳하지 않고 9월의 서쪽 하늘에서는 여전히 노을이 붉게 타올랐다.

자연은 그렇게 자신의 할 일을 해댔다.

살아남은 생명 또한 마찬가지다.

나는 겪어낸 시간을 허투루 만들지 않았다.

머리카락을 손으로 탈탈 털면 쌀 알갱이만한 이가 한 움큼씩 쏟아졌고, 머리털에는 서캐가 촘촘하게 박혀 있었다. 군복 속과 군화 속은 더욱 심각했다. 무더위가 이어지는 가운데 군복과 군화를 한 번씩 벗기라도 하면 시체 썩는 냄새보다 더 지독한 냄새가 코를 찔렀다.

그야말로 머리부터 발끝까지 최악의 상황이었다.

치열한 전투를 치를 때도 머리가 가렵고 몸이 근질거렸으며, 발바닥은 욱신거렸다.

거기에다 죽어서 썩은 수많은 시체 더미에서 득실거리는 구더기를 보며 잠을 자야 했고, 밥을 먹기도 했다.

그것이 전쟁의 참상이었다.

하지만 나는 나름대로 그런 전쟁의 참상 속에서도 지켜야 할 상식이 있다고 믿었다. 그 첫 번째가 명분을 찾는 일이었다. 무슨 일이든 명분이 분명할수록 단결은 쉽게 이루어지기 마련이니까.

유엔군과 많은 부대들이 북진 길에 올랐지만, 우리 부대는 다른 몇몇 부대와 함께 북한군 잔당들을 소탕하는 임무를 맡았다. 한 곳에 머물지 않고 전투가 일어났던 많은 곳을 돌아다녀야 했으므로 자칫 불상사의 빌미는 얼마든지 널려 있었다.

그중 하나가 민폐를 끼치거나 민가에서 물품을 훔치는 일이었다.

윗분들의 경고가 있었음에도 불구하고 이를 무시하는 이들이 있었기 때문이다.

나는 그런 불상사를 방지하기 위해 민가에 방문시 제일 먼저 집주인을 설득했다. 자발적으로 우리를 돕도록 명분을 주고자함이었다. 물론 전쟁이 아니라면 내세울 명분이 아니지만, 전쟁 중이었고 그런 삶의 절차가 필요했던 것이다.

그래서였을까.

우리 부대는 머물게 되는 민가마다 주인의 도움으로 의복과 먹을거리를 해결할 수 있었다.

그러면서 나는 '산다는 것은 대체 무엇인가'에 대해 스스로에게 물었다. 전쟁 속에서 누군가를 위해 의복과 먹을거리를 내놓는 사람들을 보며 그런 생각이 들었던 것이다.

사람이 되는 것. 그리고 더 좋은 사람이 되어가는 것.

그것이 산다는 의미가 아닐까.

죽고 죽이는 전쟁 통에 얻은 의미가 이율배반적이긴 해도 곰곰이 생각해보면 그보다 더한 명분은 없는 것 같았다.

처음 전쟁이 일어났을 때 나는 단 일 분도 버틸 수 없을 거라고 생각했다. 그러면서도 나는 삶에 대해 끊임없는 명분을 찾으며 포기하지 않았다. 바로 그런 시점과 위치에서 상황은 바뀌기 시작했던 것이다.

정말 힘든 시간이었지만 그 또한 다 지나갔다.

따라서 전쟁 중에도 사람이 사람에 대한 명분을 쌓는 일은 아주 소소한 상식의 출발선이 되었던 것이다.

살아남은 존재의 이유

낙동강 전선의 전투는 너무나 치열했다.

특히 내가 참전했던 영천은 온통 잿더미였다.

도로변 산은 나무 한 그루 성한 것 없이 불타 버렸다.

도로 역시 유엔군의 폭격에 타르처럼 시커멓게 타 있었다.

곳곳에는 타다 남은 북한군의 탱크와 트럭이 넝마처럼 뒹굴었고, 산속 깊숙한 곳에 숨겨 놓은 북한군의 탱크까지도 모조리 시커멓게 타 있었다. 북한군이 타고 왔던 말들의 시체도 사방에 널브러져 있어 악취를 더했다.

놀라운 것은 그 포화 속에서도 벼들이 익어가며 황금 들판을 만들어내고 있다는 사실이었다. 곳곳에 먹물을 끼얹은 듯 포탄의 그을림이 있었지만, 그 작은 식물이 뭉텅이져 살아남아 몸을 흔드는 것에 놀라지 않을 수 없었다.

이 세상에 존재하는 것들은 제아무리 작은 생물이라도 존재의 이유가 있다는 말은 그래서 있는 말인 것 같았다.

그러니 사람이 존재하는 이유야 말해 무엇 하겠는가.

특히 그 포화 속에서 살아남은 우리들의 존재 이유.

지금도 67년 전의 그때를 생각하면 코끝에 피비린내가 진동을 하는 것 같다.

가장 안타까웠던 것은 앳된 학도병들과 북한군이 남한 점령지에서 강제 징집한 의용군들의 죽음이다.

북한군은 그들을 강제로 끌고 와 자신들을 대신해 총알받이로 이용했다. 채 눈도 감지 못하고 죽었던 어린 넋을 떠올릴라치면 지금도 여전히 명치끝이 아파온다.

공산 집단의 적화통일 전략은 그야말로 잔혹하기 이를 데 없다.

수 십 년 전의 그때나 2017년의 지금이나 추구하는 노선이 달라진 것은 전혀 없다. 오히려 공산집단의 전략은 그때보다 더 비인간적이고 더 잔혹해졌을 뿐이다.

제1연평 해전, 제2연평 해전, 천안함 폭침 등을 통해 알 수 있듯이 더욱 강력해진 도발과 핵무기로 직접 우리를 위협하고 있다.

여기에 전쟁을 경험해본 적 없는 세대들이 막연한 환상에 빠져 그들의 의도대로 부화뇌동하는 형국이라니.

과연 현실에서 5천만 명의 생명과 평화는 지켜지겠는가 하는 절체절명의 물음 앞에 나는 걱정이 한가득이다.

현재 우리 사회는 상대방을 조금도 인정하려 들지 않는다.

그저 개인적인 이해득실에만 집착하는 극단주의가 팽배해 있을 뿐이다. 이런 상황에선 우리의 안보는 결코 장담할 수 없다.

무엇보다 안보의 시작은 역사에 대한 바른 이해로부터 비롯된다. 폐허가 된 속에서도 작은 싹을 틔우고 열매를 맺는 벼 이삭처럼 그처럼 처참했던 전쟁 속에서 살아남은 우리들의 역사를 허투루 지나치지 않길 간절하게 바란다.

제2차 세계대전 이후 최대 규모의 국제전쟁으로 전사에 기록된 6 · 25 한국전쟁. 2백만 명이 넘는 양쪽 군대의 인명피해가 이전쟁의 치열함을 극명하게 드러내듯 그 치열함 속에 죽지 않고 살아남은 자로서의 내 마지막 소원이자 간절한 바람이다.

꽃잎은 바람에 지지 않는다

사선을 넘고 넘어

반격 작전, 38선을 돌파하다

　인천상륙작전을 계기로 서울을 탈환한 우리 군과 유엔군은 낙동강방어선에서 반격 작전을 펼쳐 38선 남쪽의 북한군을 격멸하고 전쟁 이전의 상태를 회복했다.

　그러나 38선 돌파 문제를 둘러싸고 북진北進에 대한 찬반논쟁이 일어났다. 북진을 반대하는 측은 38선을 넘어가게 되면 소련과 중국의 직접적인 개입을 초래해 전쟁이 확대되고 장기화될 것을 우려했다. 찬성하는 측은 전쟁범죄자를 처벌하고 유엔의 목적인 한국의 통일을 이루기 위해 북진해야 한다고 주장했다.

　이승만 대통령은 북진을 지시했다.

　10월 1일, 마침내 우리 군은 38선을 돌파하기에 이른다.

　우리 군과 유엔군의 북상은 개전 초 북한군의 진격 속도보다 훨씬 빨랐다. 북한군의 패잔병을 소탕하면서도 놀라운 속도로 진격을 계속했던 것이다. 당시 우리 군의 보급 사정은 매우 좋지 못했다. 군화가 제대로 보급되지 않았음에도 장병들은 맨발에 헝겊을 친친 감고 앞으로, 앞으로 진격하는 집념을 보였다.

10월 10일, 국군 제1군단이 동해안 최대의 군사요충지인 원산을 점령했다. 북한의 수도 평양의 점령은 미 제24사단, 미 제1기병사단, 국군 제1사단과 제6사단, 제8사단의 참가 속에 이루어졌다.

10월 하순 즈음이 되자 전선에는 전승 분위기가 고조되었다.

주도권을 장악한 우리 군과 유엔군은 추수감사절인 11월 26일까지는 전쟁을 종료할 수 있다는 기대에 부풀어 있었다.

그야말로 통일이 눈앞의 현실로 다가오는 듯했다.

1950년 10월, 반격 작전으로 북진하는 국군 행렬

행군, 또 행군

✳

　우리 부대는 9월 말부터 북쪽을 향해 전진하기 시작했다.

　안강역에서 기차를 타고 신녕역까지 이동한 다음 거기서부터 군용트럭으로 안동安東까지 전진했다. 다시 예천醴泉, 문경聞慶에 이르러 하루를 쉬고 문경새재를 넘어 수안보水安堡를 지나 충주忠州로의 강행군을 이어갔다.

　충주에서부터는 다시 군용트럭으로 이동했다.

　원주原州와 양평楊平을 지나 포천抱川 양문리梁文里에 도착해서는 38선까지 도보로 이동했다.

　우리 부대는 38선에서 며칠 동안 방어를 하다가 10월 7일경 38선 돌파 명령에 따라 움직였다. 38선 북쪽에는 북한군의 진지와 군사시설이 꽤나 많이 있었다.

　산꼭대기에서는 북한 인민군들이 무리 지어 왔다갔다를 했고,

간혹 우리를 향해 포탄을 발사했다.

우리는 개의치 않고 강원도 김화金化까지 진격했다.

김화에서 하루를 묵고 다시 북진했다.

강원도 평강平康을 거쳐 황해도 신계新溪, 곡산谷山, 수안遂安에 이르렀다. 꼬박 닷새를 쉬지 않고 강행군했다.

가는 곳마다 마을은 잿더미가 되어 있었다.

사람은 그림자도 볼 수 없는 반면 김일성의 대형 초상화는 곳곳에 내걸려 있었다.

김일성의 대형 초상화를 보는 순간, 나는 마음이 아픈데다 몹시 화까지 났다. 자기 자신 하나의 절대적 자유를 위해 그 많은 사람들의 희생을 만들어낸 원흉이란 생각이 들었기 때문이다.

그것이 공산주의의 민낯이려니.

수안을 지나 평양을 목전에 둘 즈음에는 길가에 사람들이 태극기를 들고 나와 흔들며 우리를 환영해주었다. 이틀 전, 우리 군과 유엔군이 평양에 입성해 있었기 때문이다.

우리는 다시 또 행군을 이어갔다.

평양에서 행군으로 평안남도 강동江東, 성천成川, 순천順天, 안주安住, 개천价川과 평안북도 영변寧邊을 거쳐 북진하여 10월 22일에 구장球場에 진출했다.

그 무렵이었다.

우리 부대가 구장球場에 도착해서부터 군 내부에서는 흉흉한

국군을 환영하는 북한시민들

소문이 나돌기 시작했다.

중공군이 몰려온다는 소문이 무성했다.

이미 대거 참전한 중공군이 우리 후방까지 몰려와서 보급부대를 기습하는 바람에 우리 군이 후퇴를 하고 있다고 했다.

그러나 중공군의 개입은 다만 소문만은 아니었다.

11월 1일, 밀려드는 중공군을 피해 우리 부대 역시 구장에서 개천 군우리로 철수를 할 수밖에 없었으니 말이다.

개천 군우리로 철수한 우리 부대는 군우리 북쪽의 비호산△622 일대에 방어진지를 구축하고 적을 저지해야 했다.

비호산은 청천강 상류의 평야지역을 내려다볼 수 있고, 군우리에서 안주와 순천에 이르는 도로와 철도를 통제할 수 있는 요충지였다. 따라서 중공군이 점령하게 된다면 미 제8군사령부의 후방지역 통로가 열려 미 제8군 전체가 붕괴될 수 있는 결정적인 지형이었다.

말하자면 청천강방어선을 점령하기 위해서는 비호산의 확보가 절실했던 것이다.

그 전에 이미 김일성은 수도 평양이 우리 군에 점령당하자마자 중국의 마오쩌둥毛澤東에게 지원 요청을 했다. 마오쩌둥도 김일성의 지원 요청에 대비해 동북변방군을 편성해놓고 6·25 전쟁에 투입하는 데 그들을 '인민지원군'으로 불렀다.

이유는 '인민지원군'이라는 명칭에서 의미하듯 한반도에 파견된 군대는 중국 정부가 미국 또는 유엔 회원국과 전쟁을 하기 위해 정식으로 파견한 군대가 아닌, 인민들이 자발적으로 지원해 조직된 군대라는 명분을 내세우기 위해서였다.

말은 그럴 듯하지만 인민지원군은 실상 중국의 정규군의 일부였다. 중국이 미국과 유엔을 속이기 위한 위장 술책을 쓴 것이다.

아닌 게 아니라 그 같은 명칭은 한동안 유엔군 측을 혼란스럽게 만들었고, 중공군의 실체를 파악하기 어렵게 만드는 하나의 요인으로 작용했던 것이다.

어쨌든 중공군의 개입으로 한반도에서의 전쟁은 새로운 국면으로 접어들 수밖에 없었다.

최초의 중공군 개입, 개천 비호산 전투

우리 부대가 비호산 일대에 방어진지를 구축하기 전, 중공군은 이미 운산과 온정리 일대의 국군 제1사단, 제6사단, 제8사단의 공격을 저지하고 이들을 격파했다.

또한 장진호長津湖 북쪽에서 국군과 유엔군의 전진을 막았다.

그 여세를 몰아 군우리와 안주 방향으로 진출하여 미 제8군의 후방을 차단함으로써 미 제8군 전체를 격파하고자 했다.

중공군은 특히 전술적으로 자신들이 방어에 유리한, 우리 군과 유엔군이 공격하기 어려운 산악지형에 진지를 구축했다. 은밀하게 숨어 우리 군과 유엔군이 통과하기를 기다렸다가 측방과 후방을 포위한 후 공격했던 것이다.

또한 그들은 피리와 꽹과리, 징 등을 치며 심리전을 펼치는가 하면 좁은 정면에다 압도적으로 많은 병력을 투입해 밀집대형으로 전진했다.

말하자면 인해전술人海戰術로 밀어붙였고, 유엔군의 집중 화력과 공중공격을 피해 주로 야간공격을 펼쳤다. 이로써 자신들의 화력의 열세를 극복하고 최대의 전과를 올리려 했다.

실질적으로 중공군의 그 같은 전략과 전술은 초기 전투에서 엄청난 성과를 거두었다.

그러니 중공군들을 맞아 싸워야 하는 우리로선 이전에 경험해 본 적 없는 공포감을 가질 수밖에 없었다.

우리 부대는 비호산 동쪽의 760 고지에 방어진지를 구축했다.

11월 3일 새벽 3시경, 중공군은 사단 병력을 동원하여 좌전방의 부대를 공격하기 시작했고, 대대 규모의 병력을 동원하여 우리를 공격해왔다.

우리 부대는 조공인 중공군을 30분 만에 격퇴시켰으나 주력부대를 만난 좌전방의 부대는 연대 화력과 사단 포병화력으로 적의 밀집지대를 집중 포격하는 등 최선을 다했으나 적의 파상공격을 중단시키지는 못했다.

쌍방은 비호산 정상에서 세 차례나 뺏고 빼앗기는 접전을 펼쳤다.

세 번째로 고지를 넘겨준 7사단 3연대는 새벽에 결사대를 조직하여 육탄공격을 전개했다. 그 결과 중공군을 격퇴하고 고지를 탈환한 후 7사단 8연대에 넘겨주었다.

이에 맞서 우리 부대도 사력을 다해 격전을 펼쳤다.

그러나 중과부적이었다.

수적인 열세를 극복하지 못한 채 다시 철수를 시작하게 되었고, 그 여파는 8연대로 파급되었다. 결국 8연대마저도 새벽녘 철수를 함으로써 비호산 정상이 다시 중공군의 수중에 넘어가고 말았다.

비호산을 점령한 중공군이 전세를 확대하여 군우리와 안주 방향의 청천강 후방으로 진출하게 된다면 유엔군 전체가 중공군에게 포위될 수 있는 절체절명의 위기상황이었다.

그러자 제7사단장 신상철申尚澈 준장은 즉시 3연대를 비호산 남쪽으로 진출시켜 우리 부대의 철수를 엄호하도록 하고, 군우리 일대에 배치된 전 포병화력으로 비호산을 집중 포격한 후 역습할 것을 전달했다.

3연대의 공격이 완강한 적의 기세에 꺾이자 11월 6일 오전 8시를 기해 우리 부대는 비호산 서쪽에서, 8연대는 남쪽에서 포위공격을 개시했다.

그야말로 3시간 넘는 혈전이 이어졌다.

아군의 피해는 극심했다.

특히 우리 부대는 나를 포함한 생존자가 손에 꼽을 정도였다.

1950년 11월, 개천 전투에 개입한 중공군들.
상처투성이의 전투이지만 우리 군이 중공군과의 대결에서
거둔 첫 승리 전투였다.

하지만 우리는 끝내 중공군을 물리치고 고지 정상을 다시 탈환할 수 있었다. 이후 중공군은 전선에서 그 자취를 감춰버렸다.

이 전투를 두고 국군과 유엔군은 '중공군 제1차 공세'라고 했다.

이 전투는 비록 상처투성이의 승리이지만 중공군과의 대결에서 거둔 첫 승리라는 의미 외에 중공군에 대해 우리 군과 유엔군이 가졌던 공포심에서 조금은 자신감을 갖는 계기가 되었다.

우리 군과 유엔군은 위기에서 벗어나 부대를 수습한 후 청천강 방어선 구축에 들어갈 수 있었다.

문제는 그 많던 중공군, 그들이 어디론가 자취를 감췄다는 데에 있었다.

덕천 전투에서 고립되다

중공군의 제2차 공세도 기습적이었다.

제1차 공세에서 중공군들이 사라진 후 맥아더 원수는 그들의 조직적인 공격이 시작되기 전에 전쟁을 종결짓기 위한 공세를 계획했다.

10일 이내에 전쟁을 끝내고 크리스마스까지는 집으로 돌아갈 목적으로 11월 24일에 '크리스마스 공세'를 단행했다.

그 무렵, 자취를 감췄던 중공군은 적유령산맥 남쪽 일대와 장진호 및 개마고원 일대에서 전투대형을 갖추고 우리 군과 유엔군을 기다리고 있었다.

그때까지도 유엔군은 중공군의 동정을 파악하지 못했고, 다만 중공군의 병력이 몇 개 사단 쯤으로 구성된 줄 알고 있었다. 실제로 중공군 30개 사단 30만 여 명이 투입되어 있는 줄은 까맣게 모르고 있었던 것이다.

11월 24일, 유엔군이 크리스마스 공세를 시작한 다음 날 중공군은 그들의 두 번째 기습적 공세와 함께 그 실체를 드러냈다.

중공군이 사방에서 출현했던 것이다.

미 제8군의 우측으로 주공을 집중시켜 청천강 이남으로 진출하고, 동부전선에서는 장진호 일대에서 미 제1해병사단을 포위해버렸다. 그야말로 눈 덮인 산골짜기에서 중공군은 엄청난 힘으로 밀고 들어왔다.

예상치 못한 상황에 직면한 유엔군사령부는 속수무책이었다.

우리 군과 유엔군은 마치 눈사태를 만난 듯 정신을 차리지 못한 채 공세 계획을 중단하고 후퇴하지 않을 수 없었다.

그 무렵, 우리 부대는 덕천지역을 확보하고 있었다.

사단사령부를 덕천에 두고 11월 24일에 일제히 현 경계선을 돌파하여 만주 국경선을 목표로 진격할 계획이었다.

하지만 중공군의 기습으로 방어태세로 전환하여 덕천 북방의 묘향산 일대에서 중공군과 사흘 동안 격전을 벌였다.

설상가상으로 배후에서 또 다른 중공군의 기습이 이어지면서 우리 7사단의 3·5·8 모든 연대는 물론 인접 미 제2사단이 괴멸되고 말았다.

후방의 지휘소마저도 중공군의 기습을 받아 지휘체계가 마비

되었다.

"돌격 앞으로!"

"돌격 앞으로!"

누군가 절규하듯 외치는 명령도 공허한 메아리로 흩어질 뿐이었다. 아무도 앞으로 나아가는 병사가 없었다.

전열이 흐트러져 전의를 상실한 우리는 무질서한 상태로 시내로 몰려갔다.

당시 내가 후퇴 명령을 받은 것은 병참 선임하사로서 남은 병기, 탄약, 피복, 보급품 등을 군용차량에 싣고 있을 때였다.

정리하고 보니 무기만 군용차량으로 두 대였다.

긴박하게 후퇴를 해야 할 상황이라서 그런지 아무도 남은 병기에는 관심이 없었다. 병참 장교도 마찬가지였다.

시쳇말로 몸뚱어리 하나 빠져나가는 일이 더 급했던 때였다.

그때 나는 생각했다.

무기들을 그곳에 그냥 두고 가게 되면 부메랑 되어 아군을 향한 살상무기가 될 게 뻔했다. 나는 모두가 경황없는 틈을 타 차량에서 무기들을 내려 불을 질렀다. 그리고 차량에는 한 명의 병력이라도 더 탈 수 있도록 했다.

나는 이 사실에 대해서 전쟁이 끝나는 날까지 함구했다.

일개 선임하사가 그런 판단을 내렸다는 것이 문제가 되지 않을까 하는 염려 때문이었다. 나는 지금껏 그때의 판단은 옳았다고 믿는다.

그만큼 당시의 상황은 다급했다.

내가 무기를 불태우고 군용차량에 몸을 싣고 후퇴할 즈음에는 더는 그곳을 빠져나갈 상황이 못 되었다.

시내에는 적의 박격포탄이 날아들었고, 개천과 순천으로 나가는 좁은 2개의 산간도로는 분산 후퇴하는 다른 사단의 수천 병력과 트럭, 전차, 포차들로 비집고 들어설 틈이 전혀 없었다.

더구나 분지형태로 생긴 덕천 시내 고지의 요지 요지마다 위장한 중공군이 결사대를 만들어 매복해 있었기 때문이다.

우리 부대의 전 병력은 완전히 고립이 되었다.

11월 26일이 저물었다.

북한에서의 11월 하순의 날씨는 지금으로선 상상이 가지 않는 그런 혹한이다. 맨손으로 철모를 만지면 쩍쩍 달라붙을 정도로 매서웠다. 체감온도가 영하 20~30도는 되는 듯했다.

그러나 추위보다 더 몸을 떨게 만든 것은 사방팔방에서 들려오는 중공군이 불어대는 나팔 소리, 피리 소리, 징소리였다.

몇 대의 미군 전폭기가 날아와 인근 산악에 폭격을 해댔지만 퇴로를 찾는 지상군에게는 요원할 따름이었다.

나는 칼빈 소총과 탄약을 챙긴 다음 보급하고 남았던 주먹밥을 챙겨 6명의 병사와 함께 산등성이로 향했다.

상황을 지켜보며 퇴로를 찾을 계획이었다.

제7사단의 전 병력이 완전 고립 된 전투였다.

11월 27일 아침이 되었다.

미군 전폭기는 내가 있던 산봉우리를 선회하면서 하루 종일 시내를 폭격했다. 폭격했던 것들은 아마도 미처 철수하지 못한 군장비 및 병참물자가 아니었을까 싶다.

생각이 거기에 닿자 아주 잠깐 씁쓸한 마음이 들었다.

이틀 전, 내가 불 태웠던 무기들이 생각났기 때문이다.

누군가는 해야 할 일이었다.

그런 생각을 할 즈음 어느 새 해가 또 저물었다.

골짜기가 깊으니 어둠도 빨리 찾아들었다.

나는 병사들과 함께 탈출을 결심했다.

새로운 전쟁, 그리고 후퇴

✻

중공군의 한반도 침입으로 전세는 역전되어 쫓기는 자와 쫓는 자가 뒤바뀐 새로운 전쟁 국면으로 접어들었다.

덕천에서 맞닥뜨린 중공군과의 전투에서 손 한 번 제대로 써보지 못한 채 눈앞에서 아군 수 백, 수 천 명이 포로로 잡혀가는 것을 본 터라 나는 서둘러 그곳을 벗어나고자 했다.

우선은 수색조를 보내 주변을 살피게 한 다음 우리 모두 인민군으로 변장했다.

나는 적의 통신장교대좌로 위장했다.

모두가 가능했던 것이 덕천을 돌파할 당시에 적이 미처 챙겨가지 못한 보급품들 중 방한복과 외투들을 우리 군이 입고 있었기 때문이다.

자세를 낮추고 조심스레 산기슭을 돌았다.

순천지역으로 길을 잡았다.

병기 선임하사로서 곳곳에 병참을 실어 나르는 일을 하다 보니 공간적인 안목이 있었다.

몇 개의 부락을 지나치고 능선을 벗어날 즈음 어둠 속에서 무리지어 이동하는 적을 만났지만, 숨죽이고 재빨리 잔솔밭으로 숨어 위기를 모면하기도 했다.

강행군을 이어가며 가다 서기를 수도 없이 반복했다.

얼마쯤 지났을까.

야산을 벗어나 전방을 살피니 도로가 눈에 띄었다.

마침내 적의 포위망을 탈출하는 데 성공했다.

순천에 집결한, 제7사단 병력 행렬에 합류한 것은 적지를 탈출한 지 이틀 만이었다.

나는 집결한 병력과 함께 후퇴 길에 올랐다.

밤낮없이 걷고 또 걸었다.

춥고 배고픈데다 잠까지 제대로 잘 수 없어 병사들 대부분이 졸면서 이동했다. 나 또한 밀려드는 졸음과의 싸움을 하며 천근이나 되는 발걸음을 떼었다.

경기도 연천連川의 어느 좁은 고개를 지나칠 때였다.

적이 집중사격을 해왔던 것이다.

깜짝 놀란 행렬은 혼비백산하여 뿔뿔이 흩어져 임진강 쪽으로 뛰었다. 강을 건너면 남쪽으로 넘어가는 터라, 상사의 명령 없이도 본능적으로 향했던 것이다.

한꺼번에 너무 많은 사람들이 얼음 위로 뛰어든 때문이기도 하겠지만, 비 오듯 쏟아지는 총탄에 얼음장이 깨져 임진강 역시 삽시간에 아수라장이 되었다.

휩쓸려 넘어지고, 물에 빠져 허우적거리고, 떠내려가고.

나 역시 그때 물에 빠지는 바람에 전쟁을 치르며 메모했던 일기장과 수집한 사진 자료들을 모두 분실하고 말았다.

지금껏 간직했다면 후배들에게 좋은 교육 자료가 될 텐데 안타깝기 그지없다.

그러나 그 상황에선 일기장과 사진 등이 중요하지 않았다.

그곳을 벗어나야 했다.

간신히 강을 건너서 절벽을 기어올라 산을 넘고 나서야 정신을 차릴 수 있었다. 임진강을 건너기 전에 보았던 사람들이 시야에서 엄청 많이 사라진 그 사실을.

살아남은 사람들은 물에 젖은 옷을 말릴 틈도 없이, 어느 새 옷깃에 생긴 고드름을 달고 다시 또 행군을 이어갔다.

춥고 배고프고 잠이 부족해 쓰러지기 일보직전이었다.

행진을 이어가다가도, 적의 습격을 피해 고함을 치며 내달리다가도, 잠시만 멈춰 서기라도 하면 어찌 그리 잠이 쏟아지던지.

얄궂게도 잠의 습격은 수시로 찾아왔다.

그러고 보니 그때 내 나이, 스물이었다.

아무리 일찍 군대 생활을 시작했다고 해도 물리적인 현상을 피해갈 수 없던 뜨거운 청춘이었던 것이다.

12월 중순, 우리는 동두천東豆川역에서 기차를 타고 서울을 거쳐 충청북도 제천堤川까지 이동했다. 그곳에서 다시 행군을 시작하여 강원도 원주原州, 횡성橫城, 춘천春川에 도착하여 주둔하게 되었다.

행군하는 동안 여섯 번 정도 크고 작은 전투를 치르게 되었는데 우리는 적군이다 싶으면 무조건 총을 쏴 죽였다.

몸을 숨기고 있는 적을 향해서도 총을 쐈다.

방어할 준비도 하지 않은 '적', 아니 '사람들'을 공격한다는 게 싫었다.

훗날 나는 이 부분에 대해선 약간 회의가 들기도 했다.

꼭 그렇게까지 해야 했을까, 하는.

당시의 혼란한 상황에선 그렇게밖에 할 수 없었음이 안타깝다. 내가 죽여야만 했던 그들 중에는 내 이웃, 내 친구도 있을 수 있었을 테니.

평안남도 덕천에서 시작한 1개월여의 후퇴는 일단 그렇게 끝나는 듯했다.

임진강 전경
덕천에서 시작된 1개월여의 후퇴 끝에 임진강변에 이르렀다.

통한의 1·4 후퇴

덕천이 중공군에 의해 돌파 되면서 한반도에서의 전선은 많은 변화가 일어났다.

군우리에서 미 제2사단이 궤멸됐다.

그런가 하면 압록강까지 진격했던 미 제1해병사단이 장진호에서 포위되어 엄청난 인명피해를 입었다.

12월 11일, 미 제1해병사단은 혹한과 험악한 지형 속에 악전고투하며 필사적으로 포위망을 뚫어냈다.

이후 미 제10군단장은 제7사단과 제3사단 그리고 국군 제1군단을 함흥 일대에 배치해 교두보를 구축한 다음, 역사적인 흥남 철수작전을 전개했다.

결국 예상치 못했던 중공군의 대공세로 충격을 받은 유엔군사령부는 전군을 38선 쪽으로 철수시켰다.

한편, 춘천에 도착한 우리는 주로 민가에 분산되어 주둔했다. 주로 낮에는 전방으로 출동을 하고 밤에만 머물렀다.

1951년 1월 1일 새벽, 우리는 홍천 방향으로 '다시 후퇴를 하라.'는 명령을 받았다.

우리가 알고 있는 '1·4 후퇴'라는 말은 나중 서울 주민들이 1월 4일에 서울을 떠나면서 생긴 말로, 실질적인 후퇴는 1월 1일부터 시작되었던 것이다.

결국 38선 남쪽으로 황급히 후퇴했던 유엔군 부대는 1950년 12월 31일 일요일, 중공군의 3차 공세를 받아 후퇴할 수밖에 없었던 것이다.

유엔군과 우리 군은 38선 남쪽에서 책임지역 전열을 정비하게 됐는지는 모르지만, 어느 누구도 중공군이 공격해올 경우에 대한 대비책은 갖고 있지 못했다.

'후퇴하는 방법밖에는 없다.'는 패배주의에 젖어 있을 만큼.

나중에 밝혀진 사실로 중공군의 3차 공세를 받은 시점은 미국 정부에서조차 "중공군이 이대로 공세를 멈추지 않는다면 한반도는 포기 할 수밖에 없다."는 심각한 주장이 제기되었다고 한다.

실질적으로 제주도에 임시정부를 수립하는 문제를 검토까지 했을 정도라고 했다.

그만큼 중공군의 3차 공세 시점은 한반도의 운명이 달려 있었던 셈이다.

우리는 춘천에서 다시 홍천으로 후퇴를 시작했다.

그런데 춘천에서 홍천으로 가는 길의 대부분은 비탈진 길로 꼬부랑 고갯길이었다. 더군다나 며칠 째 내린 폭설로 눈이 수북이 쌓여 있는데다 일방통행이다 보니 행군하는 병사들과 끝없이 밀려드는 차량들로 교통이 마비되었다.

가재도구를 챙긴 피란민들 역시 물밀 듯 밀려들었던 것이다.

아수라장을 방불케 했다.

밀치고 밀려나고 넘어지고 앞 다퉈 먼저 가고자 하고.

피란길의 현실은 어디든 다르지 않았다.

강원도 홍천 · 횡성 · 원주, 충청북도 제천 · 단양, 경상북도 풍기豊基 · 봉화奉花, 그리고 다시 강원도 영월에 이르기까지.

전쟁은 사람들을 과격해질 수밖에 없는 상황으로 몰아갔다.

과격해질 수밖에 없는 것은 전쟁에 대한 두려움 때문이었다.

그런 두려움을 간직한 병사들과 피란민들 사이에서 우리는 5개월 넘는 지난한 행군을 이어갔다.

그리고 마침내 우리는 5개월여의 행군을 마치고 영월지구에서 새로운 방어진지를 구축하며 산악지형을 이용하여 침공하는 적에 맞섰다.

1951년 1월, 1·4 후퇴를 하는 피란민 행렬

6일간에 걸쳐 우리 부대는 지역 내에 침공한 적에 맞서 작전계획대로 영월 남쪽으로 침공한 적을 물리쳤고, 영월을 탈환하여 정선에서 영월 간의 진지를 확보했다.

지역의 유리한 지형과 지세를 이용하여 방어전투를 하면서 다음의 작전을 준비하게 되었던 것이다.

그리고 우리 국군과 유엔군은 중공군의 3차 공세로 철군시행 마지노선을 50km 남겨둔 37도선에서 적을 저지할 수 있었다.

아니, 정확히 말하자면 적이 공세를 멈추었던 것이다.

꿈엔들 잊힐 리야

비운의 인제 전투

✿

1951년 4월 하순, 우리 부대는 영월에서 인제군麟帝郡 현리縣里로 이동했다.

유엔군사령관 맥아더 원수가 해임 되었다는 충격적인 소식을 전해들은 것은 영월에서 인제군 현리로 떠나기 직전이었다.

'38도선을 회복한 후 전략방침을 어떻게 세울 것인가'를 두고 트루먼 대통령과의 갈등으로 해임된 것이라고 했다.

'크리스마스 공세'를 계획할 만큼 맥아더의 한반도에서의 계획은 일관되었다. 당시 유엔에서는 대한민국 범위를 '한국정부가 지배하는 38도선 이남 지역'으로 본 반면, 맥아더는 '한반도 전역'이라고 해석했던 것이다.

'38도선 이남 지역'과 '한반도 전역'의 차이는 '종전'을 할 것인가, 아니면 '압록강까지 진격'할 것인가로 전략수립이 다를 수밖에 없다.

따라서 맥아더의 해임은 미국의 의중이 어느 쪽에 더 무게가
실렸는지를 알 수 있는 대목이었다.

맥아더의 해임 소식으로 뒤숭숭한 가운데 우리 부대는 중공군
의 춘계 총공세로 인제와 현리를 책임졌던 부대가 대패하는 바람
에 긴급히 전선에 투입되었다.

우리 부대가 투입된 전선의 사방으로는 중공군이 나팔과 피리
를 불어대고 꽹과리와 징을 쳐댔다. 후방에서는 연거푸 박격포
탄이 날아들었다. 뒤이어 소화기와 기관총 등의 집중사격이 가
해졌다.

많은 병사들이 죽고 들것에 실려 나갔다.

골짜기마다 우리 병사들의 비명소리와 중공군의 나팔 소리, 징
소리가 뒤엉켜 메아리쳤다.

그런 공방전은 5월에도 이어졌다.

1951년 5월 16일.

중공군은 구만리 일대를 방어하던 우리 부대를 우회하여 퇴로
를 먼저 차단한 후 파상공격을 퍼부었다.

중공군은 돌파된 우리 군 진지를 우회하여 후방을 차단하고 지
휘소 및 관측소 등 주요 시설을 타격했으며, 퇴각하는 한국군을

추격하여 습격했다.

5월 16일 자정 무렵 중공군은 소치리의 우리 부대 지휘소를 타격하여 지휘부가 분산됨으로써 지휘통제체계를 완전히 마비시켰다. 대오를 잃은 우리 부대 병사들은 삼삼오오 퇴각하기 시작했다.

중공군은 한 곳을 집중 타격하는 전략을 사용했던 것이다.

그 타깃이 우리 부대였다.

당하는 우리 입장에선 중공군의 인해전술은 그저 무기 없이 사람 몸뚱어리로만 밀고 내려온 게 아니었다. 말 그대로 한 곳에 집중적으로 소나기 퍼붓듯 병력과 화력을 퍼부었던 것이다.

우리 부대는 통신이 두절 되고, 덕천 전투에 이어 인제 전투에서도 중공군에 포위되고 말았다.

측면이 노출되고 보급로가 차단된 상황에서 철수를 시도했으나 지휘관들의 미숙과 병사들의 중공군에 대한 공포로 전선은 붕괴가 되다시피 했다.

이 전투로 한국전쟁 중 가장 많은 병사가 적의 포로로 잡히는 불행한 결과를 초래했다.

포로가 되지 않은 병력도 무기를 버리고 개인별로 포위망을 뚫고 탈출하기에 급급했다. 어찌된 노릇인지 중공군은 죽여도, 죽여도 끊임없이 밀려들었다.

마치 도깨비를 보는 듯했다.

천신만고 끝에 벗어났다 싶으면 어김없이 눈앞에 나타나는 중공군이었다.

나는 꼼짝없이 중공군의 포로 신세가 될 수밖에 없었다.

눈앞이 캄캄했다.

1951년 5월, 중공군에 사로잡혀 포로가 된 아군의 행렬.
필자 또한 인제 전투에서 잡혀 포로 신세가 되었다.

중공군 포로가 되다

포로라니?

처음엔 나도 믿을 수 없고 인정하고 싶지 않았다.

하지만 현실은 현실이었다.

내가 중공군에 잡혀 포로가 된 곳은 인제군 상남면의 오마치오 미재 고개 근처에서였다.

홍천으로 나가는 유일한 교통로가 적에게 돌파된 때문이었다.

꼼짝 없이 무장해제를 당한 나는 중공군의 총대에 밀려 산기슭 숲속으로 들어갔다.

나와 함께 포로가 된 다른 병사들도 마찬가지였다.

중공군은 날이 저물 때까지 유엔군을 피해 우리들을 은폐할 듯 했다. 2~3시간이 지났을까, 날이 어둑해지기 시작하자 이번에는 중공군들이 은폐했던 우리들을 길가로 내몰았다.

그러고는 소대 단위로 편성하고 앞뒤로 각각 2명의 감시병을 배치하더니 밑도 끝도 없이 행군을 종용했다.

'대체 어디로 가는 것일까?'

나는 공포와 절망감 속에 행군의 목적지가 궁금했다.

물론 알 길은 없었다.

국도를 따라 북상하는데 보니까 도로 양쪽으로 뻗은 포로 대열의 길이가 끝이 보이지 않았다.

길이가 5~6km는 되지 않았을까?

행군은 해가 떨어지면 시작했고, 아침이 되면 인근 창고 같은 곳이나 빈농가 또는 솔밭 속에 나뉘어 수용되었다.

처음 2~3일 동안은 먹을거리는 고사하고 물조차 주지 않았던 터라 우리는 빈 집의 구석구석을 뒤져 뭐가 됐든 찾아내 요기를 해야만 했다

사나흘쯤 됐을까, 옥수수 등의 잡곡이 날 것 그대로 배급되었다.

그들에게 있어 우리는 인격체가 아닌, 말 그대로 날짐승이었던 것이다.

포로를 학대하는 것은 제네바 협정 위반이지만, 중공군은 아랑곳하지 않았다. 더더욱 참을 수 없었던 것은 북한 인민군의 잔혹함이었다.

중간에 중공군으로부터 우리를 인계받은 인민군은 그 옛날 일

본 헌병들의 앞잡이, 조선인을 잡아먹던 조선인 순사만큼 악랄했다.

"도망칠 생각은 아예 말라우. 종간나 새끼들. 가차 없이 사살하갔어."

인민군들은 말끝마다 욕설로 엄포를 놓았고, 포로끼리 이야기하는 것조차 막았다.

실제로 화천과 김화로 가는 갈림길에 이르렀을 때 탈주사건이 발생하자 인민군은 가차 없이 총격을 가해 탈주자들 모두를 사살했다.

그러고는 부상자와 열병환자들이 대열에서 처지면 총대와 구둣발을 무자비하게 날렸고, 쓰러지기라도 하면 총살해버렸다.

우리 모두는 공산주의의 잔혹함에 다시 한 번 치를 떨었다.

죽음을 각오한 탈출

열흘 남짓 행군을 거듭해 도착한 곳은 강원도 북부 평강수용소였다.

지금은 그리 길지 않은 다리 하나를 사이에 두고 먼발치에서 건너다보아야 하는 북한 지역이 된 곳이다.

평강 지역 동쪽은 회양과 김화, 서쪽은 이천, 남쪽은 철원, 북쪽은 안변에 둘러싸였다.

지역 중앙에 마식령산맥과 광주산맥 사이에 형성된 추가령구조곡이 있다. 동쪽은 백봉△1,095m과 장암산△1,052m, 서쪽은 양암산 △1,125m · 사태산△1,150m · 대왕덕산△789m, 남쪽은 고성산△589m · 서방산△717m · 호암산△574m, 북쪽은 흘령산△1,344m · 고말봉△1,049m · 두적봉△1,281m 등의 산지로 둘러싸여 있어 철원 · 김화 지역과 함께 철의 삼각지대를 형성할 만큼 북한군과 중공군이 군대를 재편성한 후 공세의 거점으로 삼기에 충분한 지역이었다.

그 한가운데에 자리 잡은 포로수용소는 산간마을의 빈 집이나 민간인 집의 사랑채를 사용했다. 물론 북한군 소대장과 하사관 그리고 사복차림의 소위 '레닌 모자'를 쓴 정치부소대장의 감시자도 함께 생활했다.

일부는 평강수용소에, 일부는 비행장건설 현장으로, 신체가 좋은 사람은 시베리아 벌목공으로, 출신 성분이 좋은 사람은 교육을 시켜 인민군으로 편입할 예정이라고 했다.

도착 다음날, 인민군 대좌 2명이 심사하기 시작했다.

소속, 성명, 계급, 군번, 학력, 주소, 본적, 가정환경을 물었다.

나는 그들 기준에 의해 인민군으로 분리되었다.

말하자면 노무자로서 부역하는 일이었다.

부상자를 옮기고 치료를 돕고 실탄을 운반했던 것이다.

그때 나는 결심했다.

'이미 나는 포로가 되었고 그들이 시키는 대로 하지 않으면 죽음밖에 없을 테니 일단 살자. 살아서 그들을 안심시킨 후 이곳을 탈출하도록 하자.'

인민군들은 제일 먼저 사상교육을 주입했다.

"동무들은 동족이지 절대 포로가 아니다. 이승만 역도와 미 제국주의 억압에서 중국의용군 동무들에 의해 해방이 된 것이다. 동무들에게 해방전사라는 명예로운 칭호를 내려주신 위대한 수령 김일성 동지에게 감사하며 앞으로 충성을 다해야 한다."는 요지의 교육이었다.

들고 보니 어디서 들어본 내용들이었다.

물론 직접적으로 '동무'라든가 '해방전사'라든가 '위대한 수령 김일성 동지'라는 말은 아니었지만, 유사한 내용을 들어본 듯했다.

내곡리 조씨 집안의 손자이자 나의 야학 선생님.

그에게서 공부하던 때는 너무 어려 그가 공부 외에 했던 말이 정확히 무슨 뜻인지 알 수 없었지만, 유학을 마치고 귀국했던 그가 전쟁 직전 월북했다는 소식은 전쟁을 통해 잔혹성을 드러낸 공산주의 실체가 이율배반적이란 사실은 누가 알려주지 않아도 알 수 있었다. 나 또한 그들을 이용하기로 마음먹었다.

때마침 그곳에서 동네 친구 함경률을 만날 줄이야.

'어떻게 하면 탈출할 수 있는 기회를 만들 수 있을까?' 하는 바람의 서로의 눈빛을 허공에서 잠시 교환했다.

3주쯤 지났을까.

나에 대한 인민군들의 신뢰가 생겼다는 확신이 섰다.

처음에는 화장실에 간다고 하면 그곳까지 따라와 그 앞에서 지켜 섰던 그들이었다. 그러던 것이 요 며칠 그들은 내게 감시자를 붙이지 않았다. 자신들이 교육하는 것을 잘 알아듣기도 하고, 시키는 일을 불만 없이 잘 이행한다고 판단한 듯했다.

그러나 그동안의 경험에 비추어서 북한에서의 탈출은 현실적으로 거의 불가능해 보였다.

우선은 식량 확보가 불가능했다.

숨 막힌 감시체제도 난관이다.

어찌어찌하여 수용소를 빠져나갔다 해도 곳곳에 설치된 경비초소를 어떻게 통과할 것인가.

그렇다고 아무것도 시도하지 않을 순 없었다.

일단은 수용소를 빠져나가기로 했다.

그래서 나는 먼저 그들을 시험하기로 했다.

나에 대한 신뢰가 어디까지인지 점검했다.

일부러 화장실에서 오랜 시간을 보내다 숙소로 들어갔다. 왜 늦었는지를 물어오면 '변비에 걸렸다'며 대꾸할 내용까지 준비했다.

1시간이 넘었는데도 어느 누구도 나를 찾지 않았다.

다행이다 싶었다. 숙소에서 마주친 소대장이나 정치부소대장은 내게 아무것도 묻지 않았다.

포로수용소에 수감 된 지 4주 정도 지났을 무렵, 나는 마침내 탈출을 감행했다. 바로 전 날, 전선에서 실려 온 인민군 부상자로부터 인제 전투에서 우리 부대가 빼앗겼던 인제와 현리를 우리 군이 되찾았다는 소식을 들었기 때문이다.

나는 화장실에 가는 척하며 감시망을 피해 함경률과 함께 산으로 숨어들었다. 그들이 내가 탈주한 사실을 알려면 적어도 1시간 이상은 지나야 가능할 테니.

모든 것은 순식간의 일이었다.

이제 남은 일은 서둘러 그곳을 벗어나 무사히 탈출하는 것.

우리 둘은 잡목이 우거진 길 없는 능선을 타고 올라갔다.

그리고 우리 군과 유엔군의 장거리 포성이 나는 곳으로 남하했다. 낮에는 수목에 몸을 숨기고 밤에만 이동했다.

깊은 어둠을 향해 달리고 또 달렸던 것이다.

가끔 칠흑 같은 어둠 속에 모습을 드러낸 달을 보게 되면 나도 모르게 소스라치기도 했다. 그 달이 마치 나를 쫓아오는 것 같았기 때문이다.

그러다 지치고 굶주림에 창자가 꼬이는 듯한 고통이 밀려들면 언제 그랬냐는 듯 달빛에 의지해 걸음을 떼곤 했다.

허기진 배를 움켜쥐고 걷고 또 걸었다.

얼마쯤 이동했을까.

사흘 밤낮이 지나자 작은 화전민 부락이 보였다.

마을을 보는 순간, 배고픔이 거세게 요동을 쳤다.

둘은 누가 먼저랄 것도 없이 그중 한 곳의 문턱을 조심스레 넘었다. 할머니와 어린 손자가 살고 있었다.

할머니는 처음엔 우리 둘을 경계하는가 싶더니 이내 손자에게

먹일 보리밥과 찐 감자를 나눠주고는 잠자리까지 마련해주었다.

나는 할머니께 그곳이 어디쯤인지 묻지 않았다.

공산주의가 미친 곳은 어디든 인간관계가 깨져버린 것을 알고 있기 때문이다. 인민군과 국군이 번갈아 내려오고 올라가는 사이에 민간인들이 겪었을 고통을 미루어 짐작했던 것이다.

이튿날 이른 새벽, 우리 둘은 다른 빈 집에서 지게를 찾아내 하나씩 나눠 짊어지고 농부로 변신한 다음 그곳을 빠져나갔다.

적에게 들켰을 때를 대비해서다.

다시 또 얼마를 내달렸을까.

미끄러져 자빠지기도 하고, 덤불에 걸려 얼굴에 상처가 생겨도 아랑곳하지 않고 무작정 이동했다.

감시병의 손아귀에서 어느 정도 벗어났다는 안도감이 들었던 것은 아군의 포성이 어느 때보다 가까이서 들렸기 때문이다.

그것도 잠시 사방팔방이 인민군과 중공군으로 득실거리는 그 경계망을 어떻게 뚫고 나가 부대로 돌아갈지에 대해선 아무것도 장담할 수 없었다.

포성이 가까이서 들리다 멈출 즈음, 우리 둘은 동쪽으로 방향을 잡았다. 아마도 그곳은 화천이나 갈말 방면일 것이고, 화천까지 가면 아군이 있을 것이라 여겼기 때문이다.

그리고 천만다행으로 산의 끝자락에서 만난 첫 번째 사람은 미 제2사단 헌병들이었다.

순간 '살았다~!'하는 신음 같은 소리가 내 입술을 비집고 나왔다.

양구陽口로 이동, 노무단을 이끌다

✤

1951년 6월 말, 나는 적진 속에서 한 달 넘게 포로의 몸으로 지내다 극적으로 생환하였다는 기쁨도 잠시였다.

돌아갈 부대가 없었다.

내가 몸담았던 부대는 인제 전투에서 궤멸되다시피 했고, 군단 자체가 해체되었기 때문이다. 어렵게 통역의 도움을 받아 인제 전투시 생존한 우리 부대 병사들의 거점을 찾아낼 수 있었다.

인제에서 양구 지구로 작전 지역을 옮겨갔던 것이다.

나는 함께 생환한 함경률이 자기가 속했던 부대로 돌아가는 것을 뒤로 하고 양구로 옮겼다.

양구에 도착하고 보니 뜻밖에 아는 얼굴을 만날 수 있었다.

대대장여전히 계급은 대위 나도일.

그는 내가 새로 편성 받은 제7사단 5연대 3대대의 대대장은 아니지만 같은 제7사단 3연대의 대대장을 맡고 있었다.

그는 내가 적진에서 탈출해온 사실에 대해 누구보다 반가워했다.

"짜식, 역시 머리 하나는 알아줘야 해. 살아줘서… 살아와서… 고맙다!"

그는 나를 힘껏 껴안았다.

순간 울컥하는 마음이 들었다.

뜨거운 '전우애'가 느껴졌던 것이다.

앞에서도 언급했듯 나도일 대대장은 누구보다 부하 사랑이 남다른 분이었다. 군인으로서는 매우 용감하고 엄격하면서도 부하를 위해서는 자신을 희생할 각오를 갖고 병사 한 명 한 명을 보듬었다.

항상 부하들의 생명을 자신의 생명처럼 소중하게 여기며 절대로 무모하고 가치 없게 희생시키지 않으려 했던 분이다.

전쟁터에서 지휘관의 부하 사랑은 사기 진작 면에서 최고일 수밖에 없다. 그런 지휘관 밑에선 부하들이 그를 믿고 목숨 걸고 임무 수행을 하기 때문이다.

얄궂게도 그와는 그날 이후 두 번 정도를 오며 가며 만났을 뿐, 이후로 두 번 다시 만나지 못했다.

다른 부대로 인사 발령을 받은 듯했다.

어쨌든 나는 편성된 부대의 병기과 선임하사로서 직전인 1951년 6월에 정식으로 창설한 '노무단' 중 일부를 관리하는 보직을 담당했다.

유엔군은 전투 병력을 절감하고 전장에서 보급품을 운반하기 위해 민간인 운반단을 포함한 여러 형태의 노무자들을 모집하여 정식으로 '노무단'을 창설했던 것이다.

노무자들이 주로 맡은 임무는 전선 부대에 탄약, 군 자재, 연료 등을 비롯하여 식량, 식수, 보급품 운반이었다. 또한 진지 구축과 도로와 교량 보수는 물론 전사자와 부상자 후송도 담당하였다.

그들의 운반 수단은 낙동강 전선에서와 마찬가지로 지게였다.

사실 말로는 노무자들이 비전투요원이라고 하지만, 그들과 함께 생활하며 전장을 누빈 나로선 그 말에 동의하고 싶지 않다.

다른 의미로 볼 땐 어쩌면 전투의 절반 이상은 그들이 치른 것이나 마찬가지이기 때문이다.

그들이 전투 근무지원을 잘해줌으로써 군의 전투 병력은 다른 일에 투입되지 않고 전투에만 전념할 수 있었던 점은 매우 중요한 부분이다.

나는 이미 노무자들과 낙동강 전선에서의 경험이 있던 터라 누구보다 그들을 배려했다. 지금 생각해도 당시에 내가 제일 잘 했던 일은 전쟁 중에도 노무자들과 병사들의 영양에 신경 썼던 점이다.

지게로 군 보급품을 운반하는 노무자들

진심을 다해 주민들을 설득하고 주민들로 하여금 자발적으로 음식이나 가축들을 내놓도록 했다.

처음에는 자신들의 음식이나 가축들을 내놓기를 꺼려했던 주민들이 자발적으로 나섰던 것은 인민군 치하의 삶을 겪어본 후라 우리 군에 적극 협조했을 것이다.

그 다음에 내가 신경을 썼던 것은 피복이었다.

이미 많은 어려운 행군을 거듭하면서 이와 서캐 그리고 발의 동상이나 무좀으로 고통을 받았던 터라 나와 노무자들은 병사들이 전투에 전념할 수 있도록 피복 위생에 심혈을 기울였다.

틈나는 대로 삶고, 빨고, 소독하고.

그래서였을까, 우리 부대의 노무자나 병사들은 다른 부대에 비해 이탈자가 많지 않았다.

그러나 아무리 먹을거리와 위생에 신경을 쓴다고 해도 그곳은 언제 어떻게 죽을지 모르는, 총알이 빗발치는 전장터였다.

적의 급습으로 물이 뚝뚝 떨어지는 빨래를 싸들고, 뜨거운 솥단지를 들고 이동하는 일이 한두 번이 아니었던 것이다.

표면상 소강상태의 전선과 이면

1951년 7월, 전선은 표면상으로는 소강상태로 보였다.

6월 말에 공식 거론된 휴전문제가 7월로 접어들면서 개최된 유엔 측과 북한 공산 측간의 개성에서의 회담이 타결 가능성에 무게가 실렸다.

이에 따라 유엔사령군은 아군의 과도한 손실을 줄이기 위해 전선의 각 부대들로 하여금 7월 한 달 동안 적과의 충돌을 억제하도록 했다. 적 또한 이를 빌미로 전력보강에 주력함으로써 전 전선은 표면상 소강상태에 접어든 듯했다.

그러나 7월 26일, 휴전회담은 북한 공산 측의 트집으로 결렬되었다. 이후로 몇 번의 회담이 이어졌고, 1951년 11월 26일 휴전 접촉선실제전선 결정 작업을 완료했다. 그러나 휴전협정은 그 보다도 1년 8개월이나 지나서야 체결이 될 수 있었다.

애초 우리 군은 원산과 해주海州를 이은 선으로의 경계선을 원했다. 반면 유엔군 측은 현 주저항선을 고집했다. 이는 북으로 올라갈수록 방어 지역이 넓어져 중국으로부터 비행기 폭격이 쉽게 이루어질 수 있어 불리하기 때문이라고 했다.

유엔군 측은 우리 군의 반대에도 불구하고 협상의 조기타결을 바라는 미국과 국제적 여론을 고려하여 북측과의 타협을 보았던 것이다.

어쨌든 소강상태였던 전선은 또다시 휴전 접촉선실제전선 결정 작업이 마무리될 때까지 들끓기 시작했다.

조금이라도 더 유리한 접촉선을 긋기 위한, 뺏고 빼앗기는 혈투가 또다시 이어졌던 것이다.

우리 부대는 8월 중순, 펀치볼의 H자 능선상 고지를 점령하기 위해 문등리文登里 전투에 투입되었고, 화천저수지 남쪽 캔사스선의 진지를 구축하기도 했다.

또한 9월 말, 백석산 남쪽 2.5km 지점에서 가로막고 있는 일명 '양갈래 고지'를 탈환하기 위한 공격을 감행해 마침내 탈환하기도 했다.

1951년 7월, 양구 전선의 전우들과 함께 휴식을 취하는 모습

"또 당했어, 5연대?"

내가 적진을 탈출해 제5연대로 돌아온 1951년 6월 말, 그 무렵 우리 부대 안팎에서 이상한 소문이 나돌고 있었다.

제5연대에는 연대장들이 부임하기를 꺼리는데 이유는 제5연대 연대장으로 부임해오면 불운한 일이 일어나기 때문이라고 했다.

그럴 때마다 "또 당했어, 5연대?"라는 말이라고 했다.

이 말에는 연대장에게 무슨 일이 생긴 것은 곧 부대도 싸움에서 패했다는 의미가 내재되어 있었다.

그도 그럴 것이 내가 적진에서 탈출하여 부대로 돌아오기 전인 6월 7일, 김상봉 연대장은 양구에서 적의 포격으로 우측 하지를 절단했고, 그 뒤를 이어 부임한 김용배 연대장은 7월 2일 양구 토평리 지구 전투에서 적의 포격으로 전사했던 것이다.

1950년 6월 25일 전쟁이 일어난 이후 김용배 연대장이 전사하기까지 전투 13개월 동안에 제5연대 연대장으로 보직된 사람은 모두 9명.

그중에서 사고 없이 장기간 연대를 지휘한 사람이 단 한 사람도 없었다는 사실이 괴담의 시발점이었다.

이들 9명의 연대장들이 연대를 지휘한 기간을 평균적으로 계산해 보면 채 2개월도 되지 않는다.

박기성 중령, 김동빈 중령, 이영규 중령, 박승일 중령, 김도영 중령, 최창언 중령, 박승일 대령, 김도영 대령, 조성화 대령, 김상봉 중령, 김용배 대령.

해임되고, 수류탄 파편상 입고, 대전차지뢰 밟아 사망하고, 실종되고, 강등 되고, 우측 하지 절단상을 입었는가 하면, 전사에 이르기까지.

제5연대 연대장들의 수난사가 끊이지 않았던 것이다.

그리고 그 소문을 잠재우게 된 것은 8월 중순.

대령 김용배 연대장 후임으로 부연대장이었던 중령 채명신 연대장이 승계 받으면서였다.

그는 병사들을 맹훈련시키며 부대의 오욕을 씻을 기회를 노렸다.

그러던 중 부대는 백석산 남쪽 2.5km 지점에서 가로막고 있는 '양갈래 고지'를 탈환하기 위한 제3연대를 지원하기 위해 나갔다.

양갈래 고지는 양구 동북방 지역에 있는 800등고선상의 바위가 뾰족하게 튀어나온 고지로 그곳을 빼앗지 않고서는 북진이 불가능했다.

아군으로선 반드시 양갈래 고지를 점령해야만 했다.

그곳에 설치된 적의 진지 전면에는 적들이 쌓아둔 장애물과 지뢰가 많았다. 말하자면 우리 군과 유엔군이 지상포격과 공중포격을 해대도 능히 막아낼 수 있는 엄폐물을 구축해 놓았던 것이다.

적은 이 진지를 이용하여 집요하게 저항하고 있었고, 이에 따라 우리 군은 진격에 난항을 겪고 있었다.

아군은 몇 날 며칠을 계속해 공격했지만 끝내 고지를 탈환하지 못했다. 그렇다고 공격을 멈출 수도 없었다.

1951년 8월 19일, 제7사단 김용배 사단장(준장)은 아군의 공격이 교착상태에 빠지게 된 원인을 분석한 후 우리 제5연대 연대장 채명신 중령을 불러 양갈래 고지에 대한 수정된 작전을 하달했다.

"제5연대는 제3연대에 배속되었던 제3대대의 복귀와 동시에 동 대대의 전투지역을 제3연대로부터 인수해 양갈래 고지를 공격 점령하라!"

김용배 사단장의 명령에 따라 우리 부대 채명신 연대장은 제3연대에서 복귀하는 우리 3대대로 하여금 양갈래 고지를 야간에 공격할 것을 명령했다.

우리 부대 노심근盧沈根 대위는 제9중대를 917고지로, 제 10중대를 917고지와 616고지 사이의 능선을 따라 양갈래 고지로, 제11중대를 좌측의 917고지와 752고지 사이의 능선을 공격하도록 했다.

기습공격은 밤 8시에 개시되었다.

제10중대는 917고지의 동북능선을 따라 양갈래 고지를 목표로 공격해 나갔다.

8시 30분경, 제10중대는 917고지와 양갈래 고지 중간의 능선 안쪽으로 진출하여 1개 소대로 하여금 고지 좌측으로 우회하여 고지 북쪽 1km 지점에 위치한 항령頂嶺으로부터 목표의 배후를 급습하여 적의 전력을 분산시켰다. 적의 병력 증원을 차단하고 중대의 주력으로 적진에 돌입하도록 했다.

다음날 0시 30분, 제10중대는 고지 서남쪽의 적 진지까지 포복으로 이동해 새벽 1시에 중대장의 명령에 따라 일제히 수류탄을 투척하면서 적진 속으로 돌격했다.

지형이 워낙 험한데다 노출된 지점이어서 병력이 많으면 오히려 불리하다는 판단을 내린 채명신 연대장은 소수정예를 뽑아 선봉대에 세웠다.

이때 이영남李榮南 이등중사와 공재호 하사는 선두에 서서 죽음을 무릅쓰고 적진을 향해 돌진했다.

그러나 적의 저항은 완강했다.

제10중대 중대장 김종행金鐘行 중위 역시 일주일 간에 걸쳐 전 부대원들과 함께 포병화력을 집중시켰으나 끝내 고지는 탈환할 수 없었다.

이에 채명신 연대장은 제10중대로 하여금 결정적인 최후 돌격을 감행하도록 했다.

채명신 연대장은 적이 밤새 아군의 공격으로 전투능력이 소모되고 전의도 저하되었으며, 무엇보다 양갈래 고지의 전진 진지인 883고지의 적이 우리 부대와의 격돌로 양갈래 고지를 돌볼 겨를이 없을 거라 여겼기 때문이다.

연대장의 명령에 따라 고지 북쪽인 적 후방을 일부 병력으로 차단시키고, 제10중대는 이영남 이등중사 등 선공대를 따라 재공격에 나섰다.

선공대와 그 뒤를 따르는 주력부대가 적진과의 거리를 더욱 좁히자 공방전은 더욱 치열해졌다. 포탄과 수류탄, 기관단총이 사방에서 쏟아졌다. 수류탄으로 공격을 끝낸 선공대원들은 일제히 적진으로 뛰어들어 백병전을 전개하기 시작했다.

뒤따르던 주력부대도 일제히 적진으로 돌격했다.

호마다 처절한 백병전이 펼쳐졌다.

30~40분이 경과한 뒤 마침내 우리는 적을 궤멸하고 양갈래 고지를 완전히 탈취하는 데 성공했다.

고지를 완전 확보한 뒤 주변을 둘러보니 일주일간 우리의 집중 공격을 받고 죽은 적의 시체들로 빼곡했다. 시체들을 수습하지 못할 정도였다. 이것은 곧 우리 또한 그만큼 위험한 싸움이었음을 의미한다.

승리를 했음에도 소리를 내 웃을 수도 없는 이유이기도 하다.

아무튼 우리 부대는 최종 목표인 백석산 일대의 적을 소탕할 수 있는 거점을 확보할 수 있었다.

이후 적은 고지를 탈환하기 위해 크고 작은 공세를 열 차례나 해왔으나 우리 부대는 끄떡없이 그곳을 지켜냈다.

제5연대의 양갈래 고지 전투에서의 승리는 제5연대를 둘러싸고 떠돌던 괴담을 잠재우기에 충분했다.

실제로 채명신 연대장은 양갈래 전투의 승리를 시작으로 승승장구하여 오랜 기간 제5연대를 훌륭하게 지휘하여 군과 세간의 주목을 받았다.

훌륭한 통솔력과 탁월한 작전지휘.

그는 다른 어떤 지휘관보다 탁월했다.

"전쟁은 착오의 연속이다. 누가 그것을 더 많이 줄이느냐에 따라 승패는 갈라진다."

그가 했던 말처럼 그의 훌륭한 통솔력과 탁월한 작전지휘는 전쟁에서의 착오를 줄이고 승리를 이어가도록 했던 것이다.

이후로는 전선이 38선을 오르고 내리는 격동기를 넘기며 계속해서 교착상태가 이어졌다.

그러던 가운데 내게는 씻을 수 없는, 시커먼 아가리를 벌린 운명의 날이 닥쳐오게 됐다.

크리스마스 고지 전투에서 중상重傷을 입다

✳

눈이 많이 쌓인 12월의 백석산은 영하 20~30도를 오르내리는 매서운 추위가 이어졌다.

우리 사단은 백석산 북쪽에 돌출되어 있는 어온산 남쪽 '미네 쏘리' 선에서 주저항선을 구축하고 있었고, 중공군은 이 어온산 고지에 지휘소를 두고 그 남쪽으로 뻗어나간 여러 갈래의 험한 능선을 이용하여 호시탐탐 아군에게 공격을 기도했다.

아군은 1090고지에 주진지를 구축하고 있었고, 등고지 전방에 위치한 무명고지 봉우리 2개를 A, B고지라 명명하여 우리 사단이 진지를 구축하여 방어하고 있었다.

특히 이 A, B 고지는 적의 공격을 감시할 수 있는 요충지로서 적은 반드시 등고지를 점령하여 1090고지까지 빼앗고자 했다.

1951년 12월 24일.

마침내 적은 크리스마스이브인 오후 6시경, A, B 고지를 향해 대공세를 시작했다. 이를 두고 크리스마스이브에 공격을 받았다고 해서 '크리스마스 고지 전투'라 부르게 되었다.

사실 이 무렵은 양측이 판문점에서 휴전협상에 돌입한 터라 우리 측은 곧 휴전협정을 체결할 것이라 예상했다. 하지만 군사분계선 설정과 포로 교환문제를 놓고 양측은 1년 이상을 줄다리기를 했다. 이 과정에서 전선 일대의 고지를 둘러싸고 치열한 국지전이 거듭됐다.

적병은 크리스마스이브부터 닷새 동안 압도적인 병력 우위와 박격포를 이용해 우리 고지를 포위하고 야간에 기습공격을 해왔다. 때문에 잠시 고지를 철수했던 우리 군은 대열을 정비한 다음 다시 역습하여 백병전 끝에 고지를 탈환하고 그곳을 끝까지 사수했다.

이 전투로 양측은 한 치의 양보도 없는 혈전을 펼쳐 눈 덮인 백석산 일대를 피투성이로 물들였다.

그러나 이듬해 2월, 적은 또다시 크리스마스 고지를 기습 공격을 해오지만 우리 군은 이를 격퇴하고 방어에 성공한다.

그 결과 중공군은 더는 전선 조정이 불가능하다는 사실을 확인하게 된다.

한편, 당시 나는 보급품을 전달하기 위해 분대원 2명, 노무자 2명 함께 고지를 오르고 있었다.

6부 능선쯤 올라갔을 때였다.

"펑, 펑, 펑~!" 하는 소리와 함께 중공군이 던진 방망이 수류탄이 내 코앞에서 터졌다.

"으악~!"

순식간에 여기저기서 찢어질 듯한 비명 소리가 터져 나왔다.

병력 우세로 고지를 포위하고 있던 적병들이 우리를 발견하고 시꺼먼 수류탄을 던졌던 것이다.

순간 나는 그것을 피한다고 숲으로 몸을 던졌으나 완전히 피해 가지는 못했다.

내가 방망이 수류탄을 맞은 지점은 경사가 가파른 곳이었다.

화약 냄새와 함께 비릿한 냄새가 진동하는 것을 느끼며 '내가 살았나!' 하고 천천히 몸을 움직였더니 그대로 주르륵 눈길에 밀려 아래로 내려갔다.

이후로 정신을 잃고 말았다.

아주 잠깐 눈을 떴던 것 같은데 깊은 어둠 속이었다.

나는 내가 죽지 않았다는 생각이 들면서 "살려 주세요, 살려 주세요!"를 수없이 외쳤다.

하지만 나의 외침은 살고 싶다는 나의 간절하고 절박한 바람이었을 뿐, 나는 단 한마디의 말도 소리로 만들어내지 못했다.

내 나이 이제 스물한 살.

해야 할 일과 하고 싶은 일이 많은 나이였다.

아버지도 도와 드려야 하고, 동생도 돌봐야 했다.

그러니 그렇게 죽는 것은 너무 억울했다.

살고 싶었다.

간신히 몸을 움직여 사방을 둘러보는데 아무것도 눈에 들어오지 않았다. 다만 내가 쓰러져 있는 바로 그 옆에, 앞에, 뒤에 눈 속에 파묻힌 채 딱딱하게 얼어버린 시체들이 널브러져 있을 뿐이었다.

눈이 감겼다.

나 역시 얼어버린 시체인 듯했다.

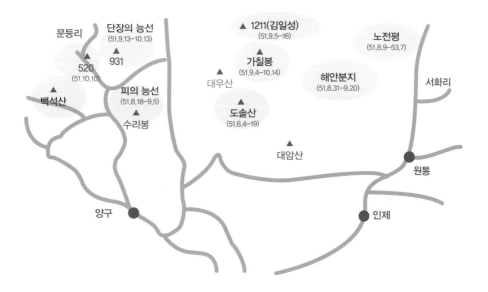

1951년 후반기 양구 일대 격전지 지도

문등리

단장의 능선
(51.9.13~10.13)

▲ 1211(김일성)
(51.9.5~16)

노전평
(51.8.9~53.7)

▲
520
(51.10.10)

▲
931

▲
가칠봉
(51.9.4~10.14)

해안분지
(51.8.31~9.20)

서화리

백석산

피의 능선
(51.8.18~9.5)

▲
대우산

▲
수리봉

▲
도솔산
(51.6.4~19)

▲
대암산

원통

양구

인제

코가 사라진 괴물

s# 1. 병기들을 박스에 담으며 정리하고 있다.

실탄의 숫자를 세어 기록으로 남겨야 하는데 일일이 셀 수 없었는지 박스 하나에 들어갈 숫자를 정확히 세고, 나머진 박스 숫자를 헤아려 계산된 숫자를 기록으로 남긴다.

스스로도 만족스러운지 얼굴엔 미소가 가득하다.

지휘관이 다가와 엄지를 치켜세우며 고개를 끄덕인다.

s#2. 호롱불을 켜놓고 책을 읽고 있다.

이해가 되지 않는 부분이 있으면 몽당연필에 침을 발라 표시를 한 다음 소대장이나 대대장 등을 찾아가 묻고 또 묻는다.

목숨이 언제 어떻게 달아날지 모르는 상황이지만 군인으로서 완벽한 임무수행을 하기 위해선 공부를 해야만 한다고 신앙처럼 믿는다.

s#3. 그런 나를 기특하게 여기며 머리를 쓰다듬는 지휘관들.

길고 긴 파노라마처럼 펼쳐진 꿈을 꾸었다.

지휘관들이 흐뭇한 표정을 짓는 순간, 나는 심한 통증을 느끼며 눈을 떴다.

양구 사단 이동병원이었다.

얼굴엔 압박붕대가 감긴 채 한 쪽 눈과 머리 쪽이 가려져 있었고, 팔과 다리에도 붕대가 감겨져 있었다.

순간 고통보다는 살아 있다는 사실에 감사했다.

'살았어, 살아 있는 거야. 휴우~!'

온몸의 통증이 느껴졌으나 나는 잠시 안도의 숨을 쉬었다. 그런 나를 향해 군의관이 성큼 다가왔다.

"윤 하사님, 많이 불편하시죠? 그래도 하늘이 도왔습니다. 날씨가 추워서 살았습니다. 이마랑 눈에 파편이 들어가서 엄청 많은 출혈이 될 상황이었거든요. 천만다행으로 날씨가 추워 얼어붙는 바람에 출혈이 진행되지 않았습니다."

"네 군의관님, 그럼 저는 이제 살 수 있는 겁니까?"

내 말에 군의관은 잠시 머뭇거리다 조심스레 대꾸를 했다.

"네 일단은요. 여기선 임시로 처치했습니다. 너무 위험한 부위에 파편이 들어가서요. 곧 대구 육군 제1병원으로 후송되어 제대로 치료받을 예정입니다."

군의관의 말이 떨어지기 무섭게 나는 헬리콥터에 실려 대구로 후송되었다.

대구 육군 제1병원에 도착하자마자 제대로 응급치료를 하기 위해 얼굴에 둘러놓았던 붕대를 풀고 보니 내 모습은 사람이 아닌, 괴물의 몰골이었다.

코는 절반이 사라졌다.

눈은 한 쪽 눈이 보이지 않았으며, 오른 쪽 손도 움직일 수가 없었고, 양쪽 허벅지도 파편들로 걷기가 불편했다.

배치 받은 병실로 향하는 데 눈앞이 캄캄했다.

중공군에 포위 되어 일주일을 버텨낸 나였다.

중공군에 잡혀 한 달 넘게 포로 생활을 한 나였다.

나는 그 어떤 극한상황에서도 살겠다는 의지가 누구보다 강했던 사람이다.

하지만 그 몰골로는 군대 생활은 말할 것도 없고, 민간인으로 돌아가 살 자신이 없었다.

제대를 해서 집에 돌아간다 한들 제대로 된 밥 한 끼 해결할 수 없는 형편에 어떻게 생활이 가능하겠는가.

살아야겠다는 희망과 용기가 생겨나지 않았다.

그런 부상을 안고 평생을 살 수 없을 것 같았다.

그 몰골로는 집으로 돌아갈 수 없다고 판단한 나는 병원에서 자살해 죽을 작정을 했다. 혼자서 몸을 움직일 수 있게 되면서

흉기가 될 만한 것을 찾기 시작했다.

내 행동을 이상히 여긴 다른 환자 하나가 그 길로 군의관에게 달려갔다. 군의관이 득달같이 달려왔다.

그는 중령의 미 군의관이었다.

그는 즉시 나를 수술실로 끌고 갔다.

나보다 앞서 대기하고 있던 수많은 환자들을 제치고 우선적으로 수술을 했던 것이다.

수술은 6시간 넘게 진행됐다.

마취에서 깨어나자 군의관이 내게 다가와 거울을 보여주며 말했다.

"이 정도면 감쪽같지 않습니까?"

나는 군의관이 내민 거울을 받아 내 얼굴을 살폈다.

코가 멀쩡했다. 나는 내 눈을 의심하듯 군의관의 얼굴을 올려다봤다.

"넓적다리 살을 떼어 코에 이식했습니다. 이만하면 감쪽같구만 어째서 자살하려고 합니까?"

미 군의관의 목소리가 한껏 상기되었다.

그러면서 치료에 대한 상세한 설명을 통역을 통해 전달했다.

"한 쪽 눈으로도 얼마든지 살 수 있으니 걱정하지 말아요. 그리고 골속에 들어간 파편은 제거하지 않았어요. 너무 깊게 박혔거든요. 불편은 하겠지만 수술해서 더 위험해지는 것보단 낫습니다."

내 몸에는 지금도 중공군의 공격을 받은 흔적이 남아 있다.

병원에서 X- Ray를 찍으면 의사가 어김없이 묻는다.

"전두엽 부근에 있는 콩알만 하게 박혀 있는 게 뭐죠?"

허벅지 안쪽에 박힌 큰 파편 세 개는 제거했지만, 머리와 어깨 세 군데, 손등, 손가락 두 군데에 박힌 작은 파편은 빼내지 않았기 때문이다.

만기 제대를 하다

✳

미 군의관이 아니었으면 나는 벌써 죽은 목숨이었다.

그의 이름과 연락처를 알아두지 않은 게 못내 안타깝다.

당시의 나는 사는 게 고단했고, 살아난다 해도 제대로 사람 구실을 하지 못할 거란 생각이 지배적이었다.

누굴 챙기고 할 여유가 없었다.

수술받은 부위와 머리의 통증이 심했다.

어찌나 아프던지 통증으로 잠 한 숨 잘 수 없었다.

몸뚱어리의 통증보다 더 힘들었던 것은 중상을 입은 환자로서 군 생활을 끝낼 수밖에 없다는 사실 때문이었다. 부상당한 코를 수술 받아 감쪽같게 만들었다 하더라도 나는 여전히 불구의 몸이었다.

그 몸으로는 더는 지속적인 군 생활은 불가능했다.

얼마쯤의 회복을 거친 후 제대는 필연일 터.

그 후엔 어떻게 살아가야 하는가에 대한 고민으로 잠 못 이루는 날이 늘어만 갔다.

수술을 받은 지 열흘 후인 1952년 1월 8일.

나는 회복을 위해 경주에 있는 육군 제18병동으로 옮겨갔다.

그곳은 나처럼 회복을 위해 옮겨온 사람도 있었으나 온 몸을 옴짝달싹하지 못하는 사람도 많았다.

어딜 가나 부상자들은 차고 넘쳐났다.

그리고 그곳에서 나는 뜻밖의 사실을 두 가지나 알게 되었다.

하나는 나 같은 상이군인에 대한 국가의 혜택이 있다는 사실이었다. 그때까지 나는 그런 사실을 까맣게 모르고 있었다.

국가가 나를 잊지 않는다는 사실에 고무적일 수밖에 없었다.

내 삶의 모든 것을 책임져주진 않겠지만, 국가가 최소한 세상에서의 비빌 언덕은 되어준다는 사실에 큰 위로가 되었다.

실제로 나는 만기 제대한 후 유격부대인 제8240 부대에 재입대했다가 국가의 혜택을 받고 1963년부터 한국전력 운수부에 입사했다. 전차폐지 청산위원으로 생업에 종사하다 1969년에 퇴임했다.

이듬해인 1970년부터는 한국증권거래소로 옮겨 '성실하게 살자'란 가훈과 함께 성실하게 근무했다.

일에 대한 보람과 함께 일상의 즐거움을 배가시키며 살았다.

바야흐로 비로소 삶다운 삶이 수밀도복숭아처럼 농익기 시작했던 것이다.

그래서였을까. 정년퇴직 시 공로패를 수상하기도 했다.

아들 셋과 딸 둘의 다복한 가정을 꾸리고 내 아버지께서 지니셨던 배고픔과 가난의 슬픔을 떨쳐내며 살 수 있었다.

모두가 국가가 있어 가능했던 일이다.

어쨌든 나는 1952년 6월 22일에 또 하나의 소식을 들었다.

육군 제18병동으로 옮긴 지 6개월, 만기 제대를 얼마 남겨두지 않고 원대 복귀할 무렵 병실을 찾아온 모병관에 의해서 듣게 되었다.

그의 말에 의하면 나 같은 상이용사, 특히 겉으로는 부상의 정도를 알 수 없는 사람도 할 수 있는 일이 있다고 했다.

"제대한 후 또 한 번의 군대를 갈 수 있다."

처음 나는 모병관의 그 말에 내 귀를 의심했다.

아니었다. 틀림없이 제대로 들은 말이었다.

정신이 번쩍 들었다.

어떻게 그런 일이 가능할까?

그렇다고 모병관이 거짓말을 할 리가 없었다.

원대 복귀한 후 나는 1952년 7월 5일에 만기 제대를 신고하고
모병관이 알려준 그 일, 그 일을 위해 또다시 걸음을 재촉했다.

마음이 부풀대로 부풀기 시작했다.

다시 군인의 신분이라니.

도저히 믿을 수가 없었다.

제대 직전 동생과 함께

1952년 7월, 만기 제대를 하다

꽃잎은 바람에 지지 않는다

장

또 다른 시작, 첩보부대 활동

제8240 첩보부대 활동

경주 육군 제18병동에 찾아왔던 모병관의 말에 따라 내가 찾아
간 곳은 서울 돈암동의 한 사무실.

그곳에서는 제8240부대의 대원을 모집하고 있었다.

낯선 부대명에 잠시 의아한 마음이 들었지만, 제8240 부대가
북한에서 활동을 하는 비밀 특수부대의 위장명칭으로 미군의 지
휘를 받는 첩보부대란 사실에 몹시 흥분하기도 했다.

나는 망설임 없이 자원했다.

유격부대의 역사

당시 한국에서의 미군의 정보조직은 1945년 9월 9일 미 제24

단이 한국에 들어올 때 미 육군 방첩대인 제224 CIC육군 방첩대가 함께 들어옴으로써 시작되었다.

미 CIA의 대북 첩보활동은 생각만큼 성과를 내지 못했다.

미 육군 방첩대CIC는 일본 도쿄의 441파견대 통제를 받았는데, 1949년 6월 주한미군 철수 때 함께 철수했고, CIC가 수행했던 대북공작활동은 켈로부대KLO와 미 공군의 첩보부대인 인간첩보부대가 계승했다.

6·25 한국전쟁이 발발하면서 미 제8군의 제308방첩대가 처음 투입되었는데 이 부대가 방첩대로서는 가장 널리 알려진 부대다.

주한연락사무소인 켈로부대는 전쟁이 일어나자 미 방첩대와 같이 미 제8군 정보참모부G2 통제를 받았다.

켈로부대의 주축이 되었다는 구월산 유격대는 원래 당시 서해 지구에서 남한과 가장 가까운 구월산으로 몰려든 자생유격대를 총칭하는 말이다. 내륙 구월산 일대에는 연풍부대, 백호부대, 수월부대, 송화치안대 등등을 포함한 몇 개의 자생유격대들이 있었다.

그중 최후로 남은 구월산 유격대는 1953년 김정숙을 대장으로 둔 자생유격대로 1954년까지 활동하다가 소멸되었다.

그 외 구월산을 둘러싼 상부지역의 은률군과 그 앞의 초도, 하부지역의 장연군과 그 앞의 백령도, 그 밑의 옹진반도 등에는 신천무장치안대, 신화치안대, 송림부대, 옹진학도유격대 등이 활동했다.

서해도서로 이동한 구월산 유격대는 고트, 선, 위스키로 3개 지대로 크게 나누지만 그 외 초도, 주문진 등에 파견대를 두고 있는 등 활동지역에 따라 여러 계파의 분견대를 두었다.

한국전쟁 당시 유엔군 통제하의 유격부대들은 백령도의 '레오파드Leopard 기지, 강화도의 울프팩Wolfpack 기지, 주문진의 커크랜드Kirkland 기지 등을 조직화했다.

1951년 2월 15일, 미군은 서해안의 자생유격대를 통제하기 위해 백령도에 윌리엄 에이블 기지를 창설하고 같은 해 3월, 표레오파드부대로 공식 명명했다.

그리고 4월에는 구월산 등의 무장치안대를 유격연대로 개편한 뒤 동키부대로 명명했다.

켈로부대는 본래 6·25 전쟁 전부터 미 방첩부대CIC 산하의 한국인 첩보부대로 출발하여 6·25 한국전쟁 중에 제8240부대 지휘를 받았다. 미 G2 산하의 한국인 첩보유격부대를 통칭하는 말로 사용되었고 나중에 제8240부대로부터 독자적으로 떨어져 나와 활동했다.

결사유격대백골병단는 동해안 지역에서 을지 제1병단을 창설했다. 그러다가 1951년 4월 15일에 창설된, 주문진에 있던 미 제8군산하의 커클랜드 기지로 흡수되었다.

1951년 7월, 미 극동군사령부에서는 이들 유격부대를 '제8240 부대'로 통합·운용하여 1953년 초에는 그들의 규모가 2만 명이 넘었다.

유격부대는 주로 평안도·황해도·함경도 등지로 출동해 북한 군과 중공군 진지 습격, 지하조직 구축, 피란민과 추락한 조종사 구출, 무기 노획 등 여러 작전을 펼쳤다.

또한 항공정찰만으로 군사 시설이나 군대의 이동상황, 규모 등을 파악하기 어려운 터라 서쪽의 압록강 하구에 있는 대화도와 동쪽의 원산 앞 바다를 장악하여 북한지역에 대한 정보를 획득하기도 했다.

동해안 지역 커크랜드 기지의 아밴리 부대에 입대하다

내가 제8240 부대에 자원했던 곳은 서해안 지역이 아닌, 동해안 지역이었다.

당시 유격부대 활동은 서해안 지역의 유격부대 활동이 97퍼센트를 차지했고, 동해안 지역의 활동이 미비했기 때문에 커크랜드 기지의 아밴리 부대로 자원했다.

나는 경력이 인정되어 대위 계급의 보직을 맡았다.

커크랜드 기지의 아밴리 부대는 고성高城 앞바다의 난도卵島와 솔섬松島에 전진기지를 두고 해상침투 공작을 했다. 한국 해군과 협의하여 소형선박을 사용할 수 있었는데 병력 및 탄약, 식량 등을 수송했다.

우리 부대의 작전지역은 동해안 방면의 38선 이북.

대원들은 속초 학사평 주변에 있는 1005고지에서 훈련을 받고 소규모의 기습과 특공조로 적 후방에 침투했다. 무전기의 최대 도달거리까지 침투해서 유엔군의 함포사정거리가 미치지 않는 지역의 주 보급로상의 교량 폭파, 보급차량 기습, 적의 소부대 주둔지를 공격하는 등 후방 교란작전을 수행했다.

동해안 연안섬과 통천, 금란金蘭, 고성 남강 등의 북한 내륙에 기습적으로 상륙하기도 했다.

문제는 우리 부대의 작전 지역은 험한 산이 많아서 유격대원이 바다에서 내륙으로 침투하는 데 어려움을 겪어야 했다. 더 큰 문제는 작전 지역이 적의 전선에 근접되어 있었다는 점이다.

원산을 기점으로 주요 도로와 철로가 발달되어 북한군과 보위부원의 경계 병력이 대규모로 배치되어 있어 우리 대원들이 침투에 성공했어도 활동이 여의치 않았다.

그러다 보니 모집된 대원들 중 한국군 징집을 피해서 온 대원들의 이탈이 자주 발생했고 사기도 저하되었다.

작전 전과

내가 활동했던 기간은 휴전 직전까지로 1년이 조금 넘는다.

뚜렷하게 이렇다 할 큰 전과 기록은 남기지 못했다.

한국 군인의 신분으로 북한의 곡산, 평양, 개천, 덕천까지 밀고 올라가고, 포로로 잠시 평강에 머물렀던 경험이 있다고 해도 작전 지역의 지리에 익숙하지 않아 원활한 작전을 수행할 수 없었기 때문이다. 물론 지역 주민의 도움도 받을 수 없어 오랜 활동을 할 수 없었다.

다만 유격대원으로서 내륙 근거지를 구축하기 위해 끝없이 많은 작전을 시도 했었다.

철도 파괴를 비롯해 첩보전, 심리전 등을 펼치기 위해 알섬을 전진기지로 설정하고 적의 보급로 차단, 관측소 및 주요 군사시설 파괴, 공산군 생포 등의 기습 작전을 펼치다가 포위 되어 여러 명의 대원들을 잃기도 했다.

생뚱맞기는 해도 그때 머물렀던 알섬에 대한 기억은 그나마 작은 위로가 되곤 한다.

당시 나는 태어나서 그렇게 큰 물고기를 그곳에서 처음 봤던 것 같다. 사람의 손길이 미치지 않았던 천연 요새와도 같은 그곳의 물고기가 사람처럼 커보였기 때문이다.

사람의 손길이 전혀 미치지 않았던 물고기의 향연은 내게 잠시 그렇게 위로가 돼 주었다.

짐승의 시간이자 인간으로서의 존엄성이 멈추었던 그 시간 속에 아주 잠깐 숨을 쉬게 했던 기억인 것 같다.

우리 유격부대의 전투와 정보수집 활동은 미 제8군의 서쪽 측면 방어를 지원하여 주 저항선에 있는 북한군과 중공군의 분산을 가져오는데 일익을 담당했다.

무엇보다 유격대원의 활동에 힘입어 서해안 연안 도서를 방어할 수 있었으며, 1953년 정전 이후에 백령도를 비롯한 5개 섬을 그대로 차지하는 데 일조했음은 부정할 수 없는 사실일 게다.

안타까운 것은 생존하는 유격대 전우들이 많음에도 불구하고 그들의 활동이 정당한 평가를 받지 못하는 작금의 현실에 있다.

미군 소속으로 되어 있었기 때문에 '외인부대'로 취급되어 휴전 후에 해산되면서 제대로 평가를 받지 못하게 됐다.

그러면서 그들의 경험과 교훈, 말하자면 그들의 투쟁정신마저 잊힌 전쟁과 함께 스러져간 것이다.

유격부대는 다른 마음을 가지고선 절대로 훈련이나 작전을 견뎌내지 못한다. 아니 견뎌낼 재간이 없다.

오직 나라를 위한다는 마음 하나만 가져야 수행할 수가 있다.

"하나님도 있었던 일은 없었던 일로 만들 수 없다."고 한다.

따라서 그들의 희생과 경험을 둔 교훈이 '반공의 등대'로 자리 매김 되길 지면을 빌려 간절히 바란다.

제8240 첩보부대 제대 이후의 모습

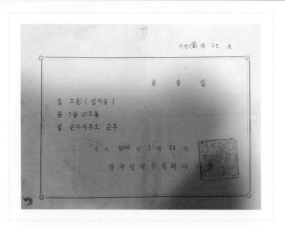

내가 만난 전쟁 영웅 김동석 지대장

내 삶에 있어 빼놓을 수 없는 한 사람이 있다.

김동석 제36지대장.

그로 말하자면 6·25 한국전쟁의 영웅이자 첩보부대 대부로 불릴 만큼 말로는 뭐라 설명할 수 없는 불세출의 인물이 아닐 수 없다.

그는 6·25 한국전쟁 중 엄청난 용맹을 떨치며 적의 간담을 서늘하게 만들면서 수많은 전공을 세웠다.

전쟁 기간 중 두 번이나 부대원 전원이 특진을 했으며, 그가 받은 훈장만 해도 27개나 된다.

그는 미국 정부가 선정한 6·25 한국전쟁의 4명의 영웅 중 한 사람이다. 맥아더 원수나 리지웨이 대장, 백선엽 대장 등 3인은 6·25 한국전쟁 당시 사령관과 참모총장을 역임한 4성, 5성의 장군이지만, 그는 영관급으로 영웅이 됐다.

그러니 그가 '영웅'의 반열에 오른 것은 더더욱 의미 있는 일이 아닐 수 없다.

전쟁 초기 그는 중위 계급으로 보병부대 중대장을 맡았다.

전쟁을 치르며 두 차례 특진을 하여 소령 신분으로 육군첩보부대인 제36지구대장을 맡았다.

육군첩보대 직할대인 제36지구대는 속초에 본부를 둔, 연대 규모의 부대로 영화 '실미도'에 등장하는 북파공작대원들이 바로 그가 이끈 부대원들이었다.

그중 제36지대는 원산 앞바다에 위치한 작은 섬 여도麗島에 둥지를 튼 여단 규모 부대로 적진에 침투해서 각종 정보 취득은 물론 시설물 파괴, 요인 체포 등 적 교란 특수임무를 수행하곤 했다.

6·25 한국전쟁 당시 중공군은 북한군을 돕기 위해 60만 대군을 투입했다. 그런데 1·4후퇴 직전 그들이 압록강을 건넌 것은 확인이 되었으나 그 후 그들의 동태는 전혀 아군 정보망에 걸리지 않았다.

맥아더 사령부는 몹시 긴장하며 중공군의 동태를 살피느라 부산을 떨 수밖에 없었다. 그러나 허탕 치기 일쑤였다.

그러자 김동석 지대장은 부대원들을 이끌고 직접 적진 깊숙이 침투하여 중공군 장교를 생포했다. 그를 회유함으로서 비밀정보를 캐내는 것은 물론 그들의 주둔지까지 확인할 수 있었다.

당시 중공군은 낮에는 노출을 피해 숲속에 몸을 숨기고 밤에만 전진하는 올빼미 작전을 펴며 극비리에 서울 점령을 노렸던 것으로 확인됐다.

이 정보를 면밀히 분석한 맥아더 장군은 1월 3일 새벽에 그들을 섬멸함으로써 개전 이래 최대의 성과를 거둘 수 있었다.

만일 중공군이 그들 작전대로 한강을 넘어 서울로 진격하는 과정에서 피아간에 수많은 접전이 벌어졌다면 엄청난 피해가 따랐을 것이다. 유엔군 최소 10만 명 이상, 미 공군 전투기 조종사 수십 명의 희생을 막았다는 게 미군 측 분석이었다.

당시 미 제8군사령관 마크 M 클라크 대장은 회고록에서 이 사실을 아래와 같이 기록하며 칭찬을 아끼지 않았다.

"그때 한국군 첩보부대 36지대가 시도 때도 없이 적진 깊숙이 침투하여 적 후방을 끊임없이 교란하자 크게 신경이 쓰인 인민군은 2개 군단의 남진을 포기하고 원산 근처에 배치할 수밖에 없었다."

말하자면 김동석 지대장과 대원들의 활동이 결과적으로 적 병력을 최전방에 집결하지 못하게 분산시켜 그들의 전력을 약화시키는 데 결정적 공을 세웠다고 극찬한 것이다.

뿐만 아니었다.

그는 개전 초기 육군 제17연대 3대대 11중대장으로서 낙동강전선 안강·기계 전투에서 인민군 1군단^{무정군단} 선봉대를 괴멸시키는 혁혁한 전과를 세웠다.

이때의 승리로 제17연대 장병 전원은 1계급 특진이란 영예를 누렸다. 패장이었던 무정은 이 전투에서 패하는 바람에 중장 계급에서 일반 사병인 이등병으로 강등되는 치욕을 당해야만 했다.

또한 제17연대 3대대장으로서 해병대와 함께 인천상륙작전의 선봉으로 참여해 최초로 서울 땅을 다시 밟는 역사의 증인이 되었다. 이어 계속 펼쳐진 평양 점령 작전에도 맨 먼저 투입되는 등 그야말로 혁혁한 전공을 세웠다.

김동석 지대장은 그러한 공로로 대한민국 정부가 주는 훈장과 미국 동성훈장, 리더십 훈장 등 모두 27개의 훈장을 받았다.

그는 전쟁 기간은 물론 휴전 후에도 미군 장성들이 가장 좋아하고 존경하는 인물로 그들과 교분이 두터운 자랑스러운 한국군이었다.

특히 미 제2사단^{인디언헤드 패치. 캠프 클라우드}의 그에 대한 예우는 대단했다. 미 제2사단은 노르망디 상륙작전에 참전^{라이언 일병 구하기에 나선 부대}했으며, 한국전쟁이 발발하자 가장 먼저 부산에 상륙한 부대였다.

또한 평양 입성 때 김일성 집무실을 점령해 인민기를 노획한 세계 최고 정예부대로서 그 긍지가 대단한 부대로 유명하다.

의정부에 위치한 미 제2사단 본부 한쪽 전쟁기념관 앞에는 김 동석 지대장의 흉상이 세워져 있다. 장병들이 그 앞을 오갈 때마 다 경의를 표하는 것은 말할 것도 없고, 기념관 안에 김동석 영 웅관을 별도로 두어 해마다 12월 16일을 김동석 영웅 데이로 정 하여 전 장병이 휴무하며 그의 공적을 기리고 있다.

한국군 정보부대에도 그의 기념관이 마련돼 후배 장병들에게 귀감이 되고 있다.

내가 그런 김동석 지대장을 만난 것은 2006년 초였다.

6 · 25 한국전쟁 시에는 활동 지역이 같은 동해안이긴 했지만, 만나거나 작전을 함께 펼친 적은 없었다. 다만 그의 눈부신 활약 을 소문으로 전해 들었을 뿐이었다.

그를 만나게 된 것은 '한미친선전우연합회' 회장을 맡아 활동하 면서였다. 무공수훈자협회와 유격부대 출신들의 활동이 제대로 평가 받기를 바라는 마음에서 함께 마음과 마음을 보탰다.

2009년, 돌아가시는 그날까지 함께했던 전우들의 활동이 제대 로 평가 받지 못하는 것을 너무나 안타까워했던 그였다.

그를 떠나보낸 후 더더욱 가슴이 먹먹했던 것은 한 번씩 그가 들려줬던 말 때문이었다.

"난 평생 베개, 소파, 식탁 밑에 칼을 숨겨놓고 지냈지. 북한이 언제 어떻게 보복할지 모르니까 말이야."

지금도 그가 생각날 때면 그가 했던 그 말이 이명처럼 맴돌곤 한다. 그 역시 전쟁 영웅이기에 앞서 지켜야 할 목숨 앞에선 지극히 평범한 한 사람이었던 것이다.

그리고 동시에 지켜야 할 목숨을 내놓고 활동했던 사람들이 가졌을 공포와 그에 상응하는 대접을 받지 못하고 있는 현실이 몸서리 처지게 안타까웠다.

그동안 우리 사회는 특수임무를 수행했던 이들에 대한 편견의 벽이 너무 두터웠다. 그들 역시 자랑스러운 이 땅의 국가유공자로서 자긍심을 갖고 함께 국가 발전과 사회 갈등 해소에 적극 동참할 수 있도록 해야 한다.

죽는 그날까지 함께했던 동료들에게 가졌던 그의 마음의 짐이 하루 속히 덜어질 수 있길 나 또한 간절히 바라는 바이다.

그들이 목숨을 담보하고 지켜낸 나라이기 때문이다.

2007년 9월, 김동석 지대장과 미 제2사단 방문

오정석 사단장 방문

꽃잎은 바람에 지지 않는다

꽃잎은 바람에 지지 않는다

✳

비극과 역경의 연속이었던 근현대사.

어쩌면 내 삶, 혹은 그 시대를 함께했던 이들의 삶은 그런 역사를 고스란히 담아낸 질그릇과도 같다.

더 이상 떨어질 곳이 없는 절망 앞에서도 초라해지거나 작아지지 않았고, 희망을 마주했을 때도 호들갑을 떨지 않았다.

다만 어떤 상황에서도 외면하거나 피하지 않고 부딪히며 살아내고자 했다.

전쟁의 참화가 휩쓸고 지나간 한반도는 남아 있는 것이 거의 없을 정도로 황폐화되었다.

파괴된 고향산천과 수많은 자식을 잃은 부모, 부모 형제를 잃은 고아, 남편 잃은 여인, 고향을 떠나온 실향민들 등.

그 고통을 어찌 다 형언할 수 있겠는가.

그럼에도 불구하고 전쟁은 끝난 것이 아니었다.

총성만 멎었을 뿐이다.

64년이 지난 한반도는 지구상에서 유일한 분단국가이며 여전히 지구상에서 분쟁의 위험이 가장 큰 지역 중의 하나로 남아 있다.

내가 그런 한반도에서의 3년여 전쟁을 통해 겪었던 수많은 좌절과 고난, 아픔과 희망의 여정을 이 책에 고스란히 담고자 했던 것은 이 세상에서의 여정을 갈무리하기 위함이다.

전쟁 속에서 보고 듣고 느낀 것은 의식과 무의식의 내면에 차곡차곡 보관해 두었다.

그렇게 보관해 두었던 기억들을 지금 이렇게 하나둘 이 세상에 끄집어내는 것은, 그 여정에 함께했던 수많은 사람들과 또 이 땅의 젊은이들에게 조금이라도 의미가 되길 바라는 까닭이다.

그래야 내 삶의 여정을 아름답게 마무리할 수 있을 듯하다.

하지만 물리적인 힘, 세월의 흐름을 거스를 수는 없었다.

어떤 기억은 오늘 일처럼 뚜렷한 반면, 어떤 기억은 뿌연 안개 속 형체처럼 가물거리기도 했다.

박지영 님의 도움과 국방부 군사편찬연구소의 많은 자료를 참고해야 했다. 도움을 주신 모든 분들에게 감사들 드리는 바이다.

나는 이 세상에 왔던 작은 꽃잎이다.

제 할 일을 다 하기 전까진 난 바람에 지지 않을 테니.

꽃잎은 절대 바람에 지지 않는다.

제 할 일, 그 일을 다 하기 전까진.

남양주시 무공수훈자 지회 활동

✤

　내가 남양주시 무공수훈자 지회 활동을 하게 된 것은 2000년 대 초부터였다.

　이 땅에서의 내 삶의 아름다운 마무리를 하고자 시작한 일이 었다.

　남양주시 무공수훈자 지회 활동을 하게 된 후 내가 제일 먼저 했던 일은 호국무공수훈자공적비를 세우는 일이었다.

　6 · 25 한국전쟁과 월남베트남전에 참가하여 빛나는 무공을 세워 대한민국의 규정에 의하여 무공훈장을 수여받은 사람과 우리나 라 국가 안전보장에 크게 이바지하여 보국훈장을 수여받은 사람 의 공로를 기리기 위해서였다.

　경기도 구리시에서 강원도 춘천으로 이어지는 경춘국도 46번

길. 경춘국도가 지나가는 곳에 남양주시 무공수훈자 공적비가 예쁘게 단장되어 있다. 그곳에 제일 먼저 국민의 애국정신을 함양함은 물론 후세에 길이 전하고자 나를 포함한 뜻있는 이들의 성금과 남양주시의 지원을 받아 공적비를 세웠다.

이후 2011년에 남양주시 무공수훈자 지회장을 맡게 되면서 전국 방방곡곡에 공적비를 세우는 일에 동참하여 후세에 그 의미를 전하고자 노력 중이다.

아! 장하도다, 님들이여!

저 비극의 6·25 전쟁으로 풍전등화에 처한 조국을 구하고 월남참전으로 세계평화와 자유를 지키는 오직 우국충절의 그 한마음, 참으로 장렬히 빛나는 무공훈장과 보국의 충성심을 후세에 기리고자 여기 이 비를 세우나니 우리 고장 남양주시의 자랑이요, 이 나라 이 민족을 밝히는 빛으로 영원히 남을 것이로다.

- 호국무공수훈자공적비문

UN 한국전참전국친선협회
한미전우연합회장 활동 이모저모

■ 2006년 3월, 육군첩보부대 전몰용사 합동위령제

■ 2006년 10월, 몽골에 장학금 전달

■ 2006년 2월, 오준석 사단장과 함께

■ 제2군단 군단장으로 진급한 오정석 장군과 함께

■ 우리 집을 방문한 오정석 군단장과 식사 중

■ 2009년 6월, 제 74사단 사단장(준장)과 함께

■ 2009년 6월, 제75사단 방문(광릉내)

■ 2011년, 도정일 스님과 함께

■ 노도부대에 북 기증

■ 이명박 대통령을 방문

■ 태국참전용사 충혼비 행사

■ 2012년, 용문산 전투 승전 추모 행사

■ 제7사단 주임상사들과 함께

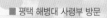

■ 평택 해병대 사령부 방문

■ 포항 해병대 방문

■ 제10전투비행단 방문

■ 제6사단 전사자 충혼비 행사

■ 2013년 2월, 제7기동군단(지평리 전투) 방문

■ 2013년 3월, 장사 전적비 행사

■ 용문산 지구 전적비 행사

■ 2011년 10월, 2018년 평창동계올림 성공기원 범국민운동본부 본부장으로서 원주불교사암연합회와 대
축전을 펼쳤다.
대축전을 통해 평창동계올림픽의 성공적인 개최를 염원하며 세계 속의 평창을 알리고자 했다.

■ 2013년 4월, 제2보병사단 참모들과 함께

■ 2012년 8월, 남양주시 무공수훈자 지회장에 임명

■ 2014년, 세계한인 호국영령 합동위령제 행사

■ 판문점 방문

299

■ 2014년 1월, 이진삼 전 육군참모총장과 함께
제21사단 내 제4땅굴 시찰

■ 2014년 1월, 전 육군참모총장 이진삼 장군과 함께
제3군단 방문

■ 제21사단 안수태 사단장 방문

■ 안보 강의(예비군 훈련)

■ 2015년 깊은 겨울

■ 서해교전 전적비 행사

그리고 '추억'

■ 백두산 천지

■ 중국

■ 영월

■ 하와이

정원과 돌멩이들

30년간 수집한 희귀 돌멩이가 1000여 개.
돌멩이를 수집한 이유는 딱 한 가지.
한결같기 때문이다.
사람들은 환경이나 처지에 따라 이랬다 저랬다를 하지만, 돌멩이는
변덕을 부리지 않는다.

참고문헌

– 국방부 군사편찬연구소, 『한국전쟁의 유격전사』, (2003)

– 국방부 군사편찬연구소, 『6 · 25 전쟁사 1, 2, 3』, (2005)

– 전인식, 『알섬의 갈매기는 왜 우는가』, (도서출판 건설연구소, 1999)

– 이선호, 주정연, 『김동석 이 사람』, (아트컴, 2005)

– 미 해외참전용사협회 엮음, 박동찬 · 이주영 옮김, 『한국전쟁 · 1』, (눈빛출판사, 2010)

– 국방부 군사편찬연구소 『사진으로 보는 6 · 25 전쟁과 이승만대통령』, (2013)

– 백선엽, 『백선엽 장군의 6 · 25 전쟁기록사진집』, (도서출판 선양사, 2000)